青春的风度

李正善 著

陕西新华出版传媒集团
太白文艺出版社·西安

图书在版编目（CIP）数据

青春的风度 / 李正善著. -- 西安：太白文艺出版社，2021.10(2023.1重印)
ISBN 978-7-5513-2041-2

Ⅰ.①青… Ⅱ.①李… Ⅲ.①散文集－中国－当代 Ⅳ.①I267

中国版本图书馆CIP数据核字(2021)第201907号

青春的风度
QINGCHUN DE FENGDU

作　　者	李正善
责任编辑	李明婕
封面设计	郑江迪
版式设计	建明文化
出版发行	陕西新华出版传媒集团 太白文艺出版社
经　　销	新华书店
印　　刷	三河市同力彩印有限公司
开　　本	880mm×1230mm 1/32
字　　数	150千字
印　　张	8.25
版　　次	2021年10月第1版
印　　次	2023年1月第2次印刷
书　　号	ISBN 978-7-5513-2041-2
定　　价	68.00元

版权所有　翻印必究
如有印装质量问题，可寄出版社印制部调换
联系电话：029-81206800
出版社地址：西安市曲江新区登高路1388号（邮编：710061）
营销中心电话：029-87277748 029-87217872

李正善，陕西长安人。1996年毕业于西北大学青年作家班，文学学士，高级记者。中国诗歌学会会员、中国散文学会会员、陕西省新闻工作者协会理事、陕西省传播学会副会长、陕西高校网络思想政治工作中心智库专家、陕西作家协会会员、西咸新区作家协会副主席。所发表新闻和文学作品多次获全国大奖，多部作品被《读者》《青年文摘》等期刊转载，并收录于《时文选粹》等选集。

序 一

放飞文学梦

周明

作为一个老文学编辑,我有这样一个不成熟或尚未被认知的发现,那就是很多怀有大才能的人,曾经,或者他们年轻的时候都有一个文学梦。有了这样一个梦,才能帮助他们实现自己五彩缤纷的人生梦,最终将人生装点得光彩照人,灿烂辉煌!

李正善和很多怀揣文学梦的人一样,也在奋力追求着。正善是陕西长安人,还是一位高级记者。我看就这两个元素,对正善的文学创作所发挥的作用都是非同小可的。长安为西安的古称,是十三朝古都,中国历史上建都朝代最多、建都时间最长的都城,居中国四大古都之首。长安是古丝绸之路的东方起点,是迄今为止唯一被联合国教科文组织确定为世界历史名城的中国城市，与雅典、罗马、开罗并称为世界四大文明古都。出生于长安的正善从小耳濡目染，是被浓重的文化气息熏蒸大的，深得长安文化之精髓。

　　人的出生环境和工作环境对人的事业影响是非常大的。有了这样的环境和影响，无论是对人生选择，还是所要追求的奋斗目标，都会益处良多。正善很早就开始写作了，这是他的文学梦的具体化。他创作的作品很多，非常勤奋，特别执着，也非常刻苦，所发表的相当数量的作品，大都见诸各大报刊，并荣获了多项奖励。这说明正善对自己的文学创作是严谨的、郑重的，追求的目标是非常高的。这一点极为难得。由此可见，他是由衷地热爱文学，更是非常钟爱散文的。

　　正善在漫长的写作过程中，注重积累，勤于思考。伴随着长时间的记者经历，这对成就文学至关重要。同时造就了他观察事物的能力和认识事物的能力，也就为他的文学创作提供了广泛的可能和助益。作家的写作功底取决于所涉猎的文种，比如新闻写作、公文写作、论文写作，等等。涉及的文种越多，写作的驾驭能力就越强，对转型文学的创作帮助就越大，从而使得文学作品更厚重、更立体。这一点我看正善具备了，他的记者经历和阅历，为他的文学创作提供了充分的条件。

　　正善的散文有这样几个特点：一是体现正能量，传播真善美；二是为周围提供积极向上的力量；三是有利于增强人与人之间的和谐关系；四是维护社会正确的价值体系；五是大力倡导道德情操。正善的作品用平白朴素的语言写出了最佳意境。在这个前提下,力争让作品做到提供尽可能多的情感含量、文化思考和信息含量。

从正善的很多作品可以看出,他的文字充满了浓浓的主旋律。文字干净、简约,阳光般的情节,雨露般的词句,温暖人心,读后令人赏心悦目。这就是正善文字的典型特征。他发表在《西安晚报》的题为《撑起一方晴朗天空》的文章,清新、明快且充满哲学的意蕴,用健康向上的笔触抒情讲理。他写道:"每个人的天空,又全在于自己把握。面对生活的风吹雨打,强者心中有把不落的伞,为自己撑起一方晴朗的天空,以高昂积极的人生态度迎接每一个如歌的日子……""天空是一部哲学书,充满了辩证法。它教会我们在人生路上时刻校正心灵的罗盘,仿佛葵花永远面向太阳。"从这些文字中不难看出,正善的文学世界充满了浪漫与温馨的色彩,那里非常干净、纯洁,他与人的相处及交往也是这样,把更多的正能量传递出来,也会去影响更多的人。

文学贵在有自己的东西,它是一个人的讲述,一个人的思考。"我",弥漫在每一个故事中,所有的故事都转变为"我"的故事,"我"和故事有着共存的关系,其主体性更为突出。正善的文字不管立意、结构、句式、词汇,都有自己独创的东西、新颖的部分和与众不同的风格。正善在这方面做得很好,看得出来是用心在写作。他的作品里还有很多可圈可点之处，比如《学会勇敢》《给人一份温暖》《英雄父亲》，等等。我就不一一列举了。

作品在很大程度上能反映出作者的人生观、世界观、方法论。正善用自己的判断力，通过对周围、对身边、对社会的观察，得出自己的结论。然后转换为文学方式，对于正面的东西予以歌颂、褒扬和伸张，对于负面的东西予以批评、抨击和排斥。这就是作为作家的责任和使命。

希望正善创作更多更好的"正善"作品，不负文学之使命，在更广阔的天地，放飞自己的文学梦！

2019年11月8日于北京

（周明：作家、编审。历任《人民文学》常务副主编、中国作协创联部常务副主任、中国现代文学馆常务副馆长，享受国务院政府特殊津贴专家，现为中国散文学会名誉会长。）

序 二

正善的人格　真诚的为文

张文彦

正善是我非常贴己的老朋友，是属于可以半夜三更拎个酒壶敲门的那种。尽管不曾有过这样的事情发生，但各自心里确认对方可交可信可依可聊的程度均是不容置疑的。数十年的过往已经证实这种关系的牢不可破。

文章要感动别人，必先感动作者自己，言之必真性情。说假话、制造噱头、弄假繁荣、搞文字游戏、卖弄文采、言不由衷、故弄玄虚，甚至借文字搬弄是非、人格和文格两分裂、以猥琐的心态挑逗读者等，虽可偶尔赢得些点赞，但终不是长远的活法。正善的格局犹如他的名字，挺直地站着，目不斜视，善念着社会众生。他的作文中也处处生长着这种"正"和"善"。本书辑录的六十多篇散文、随笔，既是他二十多年来写作、思考的轨迹,也是这个时代嬗变发展的印记,透着一种毫不做作的真诚。一个资深新闻人,先后转战多家媒体,从基层最普通的通讯员到正式的一线记者,再到负有相当责任、独当一面的多个部门负责人,多年的历练,摔打出了他的沉稳和机敏,锤炼出了他的精粹的文字。他具有新闻人的洞察和透彻,又多了些新时期经典时尚的文学表达,于是便有了自己打开生活、链接时代的方式。从这本书里一些鲜活的短文,我们能读到他积极向上、既正又善的生命活力。这些作品,既有他对社会人生的真切体验,也有舆情海洋里寻觅新闻焦点获得的启示。这本书中有一些文章是数年甚至是数十年前的作品,但你会感到并未因日月的更替而消解掉它的真诚和在时下的阅读价值。

　　我不想具体评价某一篇文章,因为出了书,要与社会大众见面,十个读者会有十种甚至更多的阅读感受。现在的读者,消费图书的水准谁能低了?我只想告诉你,这些文章的真诚会使你感动,通过这些文章与李正善这样的作者交谈,你也尽可以毫无忌讳地放浪自己的心境,说出你的心里话。他是一个值得信赖的朋友,而这本书便是真诚善良的产物,你不想和他谈谈吗?

　　(张文彦,中国青年报社陕西记者站原站长、西安市文联原副主席,著名书画家、作家。)

目　录

第一章　心　语

003　默　契
005　学会勇敢
008　原来如此
010　撑起一方晴朗天空
013　旗　帜
016　没有陌生人的世界
020　给人一份温暖
022　家门有块军属牌
024　冬　夜
027　遗憾有时是一种美丽
029　我想靠岸
030　两地书

034 没有你的日子
036 从头开始
038 给儿子
041 就做凡夫俗子
045 为什么我的眼里常含泪水

第二章 闲 情

051 新年从病床开始
054 慵 懒
056 枝枝叶叶总关情
058 我录《诗·歌·曲》
060 贺 卡
062 洗手台上的鲜花
065 忧伤的颜色
068 男人也逛街
072 感受悠闲
074 像鸡毛一样飞

第三章 他 们

079 乡党安胡塞
085 心 河

089　海伦的奋斗

101　安危先生

109　旧闻记者——钱钢

116　能够认识你，真好

120　行吟黄土地

129　人书俱老情不老

134　英雄父亲

136　雪　祭

139　一棵挺拔的梧桐树

148　小子"镇关西"

150　丫　丫

第四章　世　相

157　西安狗市

163　京城报纸读卖族

168　征婚广告上路牌

170　露天舞场

174　"摩托街"上的老少爷们儿

177　西安街头送舞人

179　押　礼

182　都市流行婚龄纪念照

186　虫子电影

188　疲惫的电线杆
190　生死婚礼

第五章　足　迹

195　流淌，或者飞扬
202　第一次坐火车
206　出门没有带名片
209　我是美的
212　为你奔走不停　为你风雨兼程
214　风吹麦浪，心生灿烂
217　美丽的海绵
223　丹凤眼
232　延安三章
238　温柔的堪萨斯

后　记

244　青春的梦想

第一章 心语

默 契

默契是一种感应,是心绪和意念无约的投合。

百股小溪蜿蜒东流,大海敞开坦荡的胸怀容纳;万丈瀑布飞泻直下,山川伸出颀长的双臂迎接。

小草吐绿于狭窄的石缝,阳光温暖雨露滋润;大鹏翱翔在辽远的天空,白云烘托轻风抚慰。

这,是大自然的默契。

每天我从门前公路经过,烟摊儿的女孩总是对我点头微笑;每次到邮局领取稿酬,营业员都会隔着柜台祝贺我的新作发表;在站台等车时突降大雨,一名学生把伞伸过半边给我一方晴朗的天空;向街头的老人们问路,卖茶大妈递杯凉茶使我干渴顿消。

我和他们非亲非故素不相识,他们也不期求从我身上得到什么。他们又为什么给予我那么多呢?

这,是人与人之间的默契。

我坚信:人类的默契比大自然的默契更富有情感。生活在大千世界的我们,应该追求一种默契的人生!

在公共汽车上,我把自己的座位让给老人、小孩和孕妇;在十字路口,我扶着盲人走过川流不息的车水马龙。

我把自己微薄的津贴寄往灾区的学校,为希望工程添砖加瓦;我把鼓励的话语说给高墙内的失足青年,使他们扬起生活之帆,开启奋进之舟。

不能只是一味索取别人的理解和帮助,每个人都应该奉献出更多的爱和关怀。虽然无约,可我们应该拥有共同的心语:要让世界因为我们的存在而多一些温馨,多一些爱。

这本身就是一种默契。

默契绝对是一种至高无上的境界。我们应该不懈追求!

第一章 心 语

学会勇敢

那是一个周末的下午，我在公共汽车站等候女友。广场南边飘来一阵阵歌声，引我来到市俱乐部露天卡拉OK歌厅。

我不会唱歌，更不用说登台在大庭广众中表演，可我和许多人一样喜欢听歌，文雅些叫作"欣赏"。尽管在人群的前排挤过来拥过去转了好几个回合，也始终没敢接住递过来的话筒。最后实在不好意思了，干脆溜到另一家。

我又坐下来静静地听。当一名青年唱完后，一名十五六岁的女学生从容地接过麦克风，荧光屏上出现了《大约在冬季》的画面。

女孩的两只大眼闪烁着蓬勃的光芒，自信地摇着头，披肩发在背后飘忽。她唱歌节奏忽快忽慢，调子忽高忽低。看她忘情的样子，我想她肯定不知道我这个"老外"和其他观众对她的评价。

正这么想着,主持人过来问我:"想不想唱一首?"我慌忙歉意地摇摇头。

当时我微笑的表情肯定是很可怜的。说不想唱是假的,包括我在内,哪一位观众不想当一次"歌唱家"露露脸呢?

然而并不是每一个人都有勇气。

那位女孩又接着唱《外面的世界》,依然令我失望。我平时也喜欢哼这首歌,我为什么不上去唱一唱呢?

女孩终于唱完了。她大大方方地面对观众说了声"谢谢",然后心满意足地蹦跳到她的同学身旁。

我终于鼓起了勇气,悄声对主持人说了句"和那女学生唱的一样",就手握话筒等待着荧光屏上出现充满诗意的画面了。

显然是为了表明自己并非初次登台,我先背对观众坐在椅子上唱了几句,没想到竟听到了掌声。

我又站起,转过身,压住心跳,踱着小步随曲唱起来。"外面的世界真精彩……"为什么不呢?

等我唱完两首歌,观众的掌声已把我包围了。

我来了情绪,又到那第一家演唱点,一连唱了五六首歌。

夕阳西下,我兴冲冲地跑到广场车站,女友已等候多时。当她听我红着脸讲完,半是夸奖半是嗔怪道:"你总算学会了勇敢。走吧!"

那天,我在两家卡拉OK歌厅轮换唱完了身上仅剩的20元钱,20首歌唱下来,我简直有些醉了。

我敢保证,从那以后,如果走过其他露天卡拉OK歌厅,我一定敢潇洒地接过麦克风唱他几首歌。

感谢那名也许终生不会成为歌唱家的女学生,是她教会我一个道理:懦弱只会委屈自己的心灵,唯有从从容容才是真。面对生活,我们应该首先学会勇敢!

原来如此

小时候,别的孩子攀上高大的树木,我总是羡慕地抬头看着,却从来不敢试一下。

中学时上物理和化学实验课,老师让同学们自己操作。我心想,出了丑怎么办?所以总是躲在一边呆看别人操作。

我喜欢读散文、诗歌和小说,崇拜那些诗人作家们,可从来没敢想过自己的作品会被别人读,只是偷偷地爬格子,壮胆寄出去而收到一张张铅印退稿单时,便觉理所当然。唯有那次,不知是编辑开恩还是不小心,竟把我的一篇诗稿用上了。我心中一动,原来如此!我也能写出让别人读的作品。

再试一次,再试一次……就这样,常常有一封封热情洋溢的读者来信飞上自己的书桌。

女友看我爬格子有点儿累,就说:"写不出来就读书呗!

你不是想上学吗？报名参加国家自学考试吧。"

"这怎么行？自学考试是大学考试，我连入大学的水平还没有呢！"

"没出息！不尝葡萄，能知道酸甜吗？"

就这样，我又一次在心想自己不会成功之后斗胆一试，报名参加了汉语言文学专业的考试，真没想到还挺顺利，到现在只剩两门课就可拿到大专毕业证了。

原来如此！

我为什么会错过了爬树和做物理化学实验的机会？如果我当初和文学"拜拜"，不敢参加自学考试，又会怎么样？

我终于悟出了一个道理：世界上缺乏的并不是成功，而是信心和勇气。

在今后的日子里，我不会再让更多的机会失去。

撑起一方晴朗天空

天空是自然界的一面镜子,更是人类的一扇窗户。

透过它,你可以看到日出日落月圆月缺,也可以看出喜悦快活忧郁苦楚。

虽然头顶同一片蓝天,然而每个人的天空却因心情的差异而不同。

对于孩子们来说,天空永远是一部读不完的神话,诡谲多变神秘莫测。风云雨雪或者日月星辰,都会为他们演绎出许多美丽惊险的故事。

那些陶醉于爱河情海中的少男少女,四季的天空都绽放着不谢的玫瑰。烈日可以是温热的亲吻,狂风可以是亲切的抚慰,暴雨可以是葡萄美酒,飞雪可以是灞桥柳絮。

失意者头顶的天空似乎总是乌云密布。三月艳阳天,他的

第一章 心 语

心田也许狂雨如注；十五明月夜，他的眼前也许暗淡模糊。欢快的歌儿响彻云霄令人心动，他认为那讨厌的噪音会震破耳鼓；别人把绵绵的春雨视作喜悦的序曲，可他却很难在泥泞中迈出沉重的脚步。

每个人的天空，又全在于自己把握。

面对生活的风吹雨打，强者心中有把不落的伞，为自己撑起一方晴朗的天空，以高昂积极的人生态度迎接每一个如歌的日子；懦弱者则看不见黑暗之后的黎明、乌云遮挡的太阳，从而一味气馁消沉萎靡不振，甚至轻生而走绝路。

天空是一部哲学书，充满了辩证法。它教会我们在人生路上时刻校正心灵的罗盘，仿佛葵花永远面向太阳。

那是一个对我来说充满阴霾的日子——高考落榜后的一天，天空仿佛也在为我落泪。淅淅沥沥中淋得落汤鸡似的我来到长途汽车站候车室，挤坐上一条长靠背椅。

"哎呀，慢着点儿。"我侧过身去，是一个十八九岁的女孩在画画，我撞了她拿画笔的手。

在我对她说"对不起"的时候，我发现她正在画一轮喷薄而出的太阳，近处海面霞光万道船只鼓帆，远处雄鹰海燕展翅飞翔。

我问女孩画上那若隐若现的斜斜的细线代表什么，她回答说是雨。

雨？

我莫名其妙。

"既然下着雨，天空怎么可能出太阳呢？"

"为什么不可能？有首歌还叫《太阳雨》呢。既然有太阳的时候可以下雨，那有雨的日子为什么就不能出太阳？这和许多事一样，就看你怎么领悟和理解。我想给这幅画取名就叫《雨太阳》呢……"

雨太阳？

多新鲜的名字！

不过我因为当时的坏心情，还在心里骂她神经病。

当等车的人们一个个站起来往外走时，女孩也收拾画笔站起来，左手竟从座位上提起了一副拐杖撑在两个腋窝下。这时我才发现，她的左腿只有半截……

望着女孩远去的背影，我回味着这个雨太阳的故事。

从那时起，我悟出了天空、雨、太阳的奥秘。

我们每个人的一生绝不会永远一帆风顺。可是我们应该相信，即使自己的天空布满阴云，那后面也有一轮朗朗晴日在向我们微笑！

旗　帜

几年前的一个夏天,我在西安晚报社实习,从寄宿的姨家到报社有10多公里路,每天都要骑自行车早晚各丈量一次,且回家的路多是上坡。

带我的老师是这个城市很有名气的一位记者,他的勤奋促使我不能偷懒,总是拼命地跑,一天下来真是精疲力竭。

就在一次下班回家途中,我正吃力地蹬着车子上那个长长的坡,无意中抬头,一眼瞥见前方一家招待所的楼顶上有面红旗。红旗被风吹拂着,飘扬在夏日灿烂的夕照中。

我以红旗为参照物,加快速度,不一会儿就行进到旗下。停了车子,抬头仰望舞动的红旗,再回眸那长长的坡道,心想着,旗帜以东的坦途,就是我回家的路了。

这以后每天下班回家,寻找这面旗帜就成了我一个自觉的行动。无论艳阳高照还是刮风下雨,甚至是深夜在黑暗中归来,我也总是下意识地在很远处就开始在林立的高楼大厦中找寻这面对别人来说也许毫不起眼的红旗。只要旗帜出现在我的视野中,干渴饥饿疲惫就会被惊喜轻松力量所驱赶。在我看来,这不仅仅是一面普通的旗帜,更是执着的航标灯、晶亮的北斗星,是凡·高笔下那朵不落的向日葵在热切地注视着我。

后来的一场大火使那家招待所对大楼进行了修葺,不知什么原因,楼顶那根旗杆还在,却没有了旗帜。但在我的心中,似乎那无人记得的旗帜还执着地飘扬着。

现在每天上下班,我还会经过招待所门前,总是情不自禁地在喧嚣的街头寻找那面旗帜,尽管我也知道楼顶只有一根孤独的旗杆,可仿佛有某种默契或感应,我总觉得那面旗帜就飘在我的眼前,飘在我的心里……

不久前的一天,在熙攘人群中与几年前采访过的一位老人邂逅,不觉心头一热。这位老人退休后在护城河南四府街桥头摆摊卖水果,有一次一个姑娘和家里人闹矛盾跳进护城河,是老人毫不犹豫地跳入河中,把姑娘从生命的尽头拉回了青春之旅。四五年来我没再见过这位老人,可他那辉煌的影子,总挺立在我记忆的风景之中。

当我握着老人那青筋暴起的手时,面前忽然扬起那面不落的旗帜。这老人不也是一面鲜艳的旗帜吗?无论对于跳河的姑娘,还是对我和别的许多人。

其实,作为社会的一分子,每个人的心中都飘扬着几面旗帜,无论是过去的还是现在的,你总可以顺口说出几个来。同时,每个人也可以成为别人心目中的一面旗帜,当然这得靠真诚的奉献去争取。只要有益于社会和他人,你总不会被忘记的。

没有陌生人的世界

没有陌生人的世界。

这句话就写在我们办公租借的那家招待所的一幅画上。每天上班时,它都执着地在楼道迎接我,可我司空见惯,从未去理会这句平平淡淡的话语。

真正想竭力记起这句话时,我正徒步在北京的大街上。

那时我在北京参加一个新春诗会,得到了一位著名老诗人的住址,正想去拜访他。可他家距离我的住处很远,已经换乘了三次公共汽车,我还是徘徊在错综的街头。看着地图上那个陌生的名字,我才感觉到寻觅的艰难。

望着南来北往的车海人流和一望无际的长街短巷,无法使目的地在我的头脑中变得清晰起来,于是"没有陌生人的世界"这句话很强烈地侵入我的脑海。

第一章 心 语

为什么不问行人呢？他们应该是无数个对我有帮助的路标。

一次次地询问，一步步地前进，终于使我见到了这位心仪已久的老人。

很佩服我的岳母。虽然她是位农家妇女，可"没有陌生人的世界"这个朴素的真理，在她的身上体现得淋漓尽致。

我和妻子有了小孩后，岳母就从乡下到城里来帮我们带小孩。由于没有固定的住处，所以常常搬家。可是无论搬到哪里，她总是很快就和当地的居民宛如故友重逢。我们的儿子似乎也沾了姥姥的光，每到一处总是受到人们的爱护和亲抚。

我有时对岳母讲，城里人都喜欢在自己的小世界里生活，同一楼上居住的隔壁对门都是见面很少打招呼的，我们不要和人家拉那么多的话。

可她却满脸的不屑："人与人不来往，还不闷死了？俗话说'远亲不如近邻'，只要咱诚心，再生的人也能变熟人的。"

她说得倒没错。的确有一些"她的朋友"，常来找她裁个衣服做一双小孩布鞋什么的。看她与大家那种和睦相处的情景，我反倒说服不了自己了。特别是在郊外田家湾租住时，由于她与村里的大娘大婶们关系处得好，就连我们吃菜也总是有人从自己的地里拔了送来，还有的则干脆告诉我们，吃菜直接到地里去挖就行了。

包括我个人在内，我们更多的时候总是在抱怨人与人的关系越来越难处的同时，又为本来孤独寂寞的心灵设置一座座有形无形的囚牢，使人类最美好最纯洁的传统戴上沉重的枷锁，仿佛即使地球上只剩下自己一个人时也照样能活下去一样，谁也不愿打开心窗，互相给个微笑，互相打声招呼，任凭心灵的沼泽生长出霉菌与绿苔。

"人"字的结构是互相支撑，"心心相印"这个词又告诉我们，人与人本来是彼此契合心意相投的，关键的一点就在于互相沟通和交流，正所谓"海内存知己，天涯若比邻"。可是如果缺乏交流和沟通，即使是你最亲近的人，也极有可能离你愈来愈远。

"相逢何必曾相识"，讲求的更是心与心之间的默契。

世界很大，我们不可能认识和理解芸芸众生中的每一个人每一颗心，这是无法回避和改变的现实，我们只能客观地承认和接受。

世界又很小，在我们的生命中，会有无数颗心灵等待着去认识和探寻，去理解和帮助。他们中的每一个，都有可能成为我们的知音和朋友，这个希望的宫殿，需要我们用真诚和坚韧的钥匙去开启。

在我们自己困难的时候，应该相信这是一个没有陌生人的世界！

在别人困难的时候，更应相信这是一个没有陌生人的世界！

没有陌生人的世界。请把这句朴素的话语，从那个招待所的墙上移植到你的心田里……

给人一份温暖

生活中的片刻感受往往会促成一个永久的信念。一次偶然的机会，我真正领略了"温暖"这两个字的含义，并由此产生了无论何时何地尽可能给别人一份温暖的念头。

那是一个周日的中午，我从西安乘坐火车回部队。上了火车，我站在拥挤的车厢走道上。就在离发车不到两分钟时，一个三十岁左右的男子匆忙跑到这节车厢窗口，从他的小行李车上解下四五个大纸箱，吃力地举起纸箱想从窗口递上车来。

靠窗坐着的是一对年轻夫妇，他们的孩子就躺在窗口下的座位上。那年轻父亲怕压着孩子，就伸出手接过纸箱放在走道上。

那中年男子上来后，我正捧着饼吃，就让他把纸箱推到座位下摆放好。

第一章 心 语

列车西行。那中年人谢过我之后,就和年轻夫妇聊了起来。原来他是宝鸡某小镇的初中体育教师,到西安来为学校购置体育用品。他对他们说:"你们真是好人哪!我把箱子从四五个窗口往上递,人家都不让放,还往下推,多亏你们帮忙呀!"

我心里觉得好笑。什么好人?还不是怕砸着自己的孩子才接过箱子的。这时小孩已醒来,那教师又逗孩子玩,从自己的钥匙链上卸下了一个很漂亮的饰物给小孩,又掏出钱要给小孩买雪糕吃。年轻夫妇再三阻拦,他才把钱装进衣袋。

我开始收拾行李准备下车。那体育老师见状伸出手来热情地说:"太感谢您了,解放军同志!多亏您刚才帮忙。"

我有些脸红。刚才让他把箱子放在座位下,是因为嫌箱子挤占了自己的地方,而这位教师却认为我是好心帮他。

下了车走在路上,脑海中还是体育教师那诚恳的面孔。我终于恍然大悟:生活中有许多事对我们来说,仅仅是举手之劳或开口之劳,就可以给人一份温暖,我们为什么"以善小而不为"呢?

家门有块军属牌

夏收时节,我从部队休假回家帮年近七旬的双亲收麦子。走近家门,一眼瞥见大门右侧挂着的那块"革命军属"的牌子。

牌子挂得不很端正,又是用两枚旧铁钉挂的,不大好看。记得前年家中盖了新房,拆旧房时不见了这块牌子。当时想,或许埋在土里了吧。

吃晚饭时,我问:"妈,谁咋又把军属牌挂上了?"

母亲说,那是拆房时她专门取下来放在柜里的,新家安排好后,她就取出来挂上了。

"现在谁家还挂这牌子哩,挂这又没啥用处。"

"咋没用处?你还在部队当兵,咱家还是军属。挂上牌子有啥不光彩?"母亲回答。

第一章 心 语

父亲接着又说起村里谁家儿子在部队得了奖,乡上敲锣打鼓送来喜报;谁家孩子在部队干得好,复员回来当上了村干部。

是呀,对别的父母来说,儿子立功受奖或是当上村干部是值得自豪的,可对于我的父母来说,那块长方形的铁牌子,也许是他们唯一的慰藉了。

夜晚,我辗转难眠。父母那花白的头发和羸弱的身影总在眼前闪现。他们送我到军营,用年迈的身躯承担了家里的一切,从没有叫苦叫累拖我的后腿。母亲有慢性哮喘病,每到冬季,呼吸都很困难。可他们总是叮嘱我爱军习武,发愤读书,当一个有知识的好兵。我又怎能轻看那寄托着双亲无限希望的军属牌呢?

第二天清早,我找出钳子和几枚新钉子,把军属牌取下来擦得干干净净,再认认真真、端端正正地挂好它。"革命军属"四个字熠熠生辉。我扭头,看见母亲倚在门边欣慰地微笑。

冬 夜

我生活的这座城市,在冬天是最缺乏生机的。

灰色的天空,呆板的城墙,干枯的树木和街上那些冷漠麻木的表情,很难给人增添一份感动。

其实对我来说,这种体会,也是很久以来的感觉了。然而就在那一个晚上,这座城市却让我心动不已。

那是个已近凌晨的周末之夜,我走出南郊一家叫作"乡厨"的小餐馆,在餐馆门口不明不暗的灯光下,意外地发现夜空中竟然飘起了片片雪花。雪花扑面而来,落在脸颊和嘴唇上,凉丝丝的,特别滋润和清爽。于是,我搭乘一辆"的士"在夜色中向城市的西郊方向奔驰。

车外纷乱的雪花扑打着窗玻璃,车内收音机里,美国乡村歌手正陶醉忘情地唱着歌,歌声柔柔的又有些沙哑。

第一章 心 语

这种意境着实令我心旷神怡,它所带来的一股暖流袭上心头,让我一下子感觉到了春风扑面冰河解冻草木萌发的那种心动。

我一遍遍提醒那位司机师傅开慢点儿,其实他本来就开得不快。我的过分"谨慎"使他奇怪地看了我两眼。

就在"的士"停在家门口的那一瞬,我忽然改变了主意,不想急着回家,而是让他继续往前开。因为我实在不想打破窗外充满灵性的雪花和车内醉人歌声之间的这种默契和谐,不想很快就中止许久以来寻觅不得的情绪。

这个时刻的城市多像一位天使,我真想牵着天使的手,在那铺满厚厚一层雪白地毯的城墙上,从这头走到那头,从那头走到这头,直到这座城市打开的千门万户流露出吃惊的神色。

可这种想法只能是一场梦!

朦胧的天使啊,对我来说,过去的你是一个神秘的谜,今天的你是一道难解的题。不知你是否依然是那个匆匆而来匆匆而去的"独行侠"?是否依然是那种静若处子的面孔、冰清玉洁的眼神?

当时的那种感觉,就如有人拿着一个又大又艳的苹果,在距离一个小孩不远处来回走动,小孩很想得到那个苹果,却被不知情的人拿着越走越远直至消失。

我相信那可怜而执着的小孩一辈子都不会忘掉那个带给过

他甜蜜的梦想、失落的情绪和美好的回忆的苹果。

多少年以后,当曾经渴求的苹果意外地出现在已长大成人的小孩眼前时,他的心情不知你能否读懂?

我想,他的心情应该和突然看到雪花在美国乡村音乐中翻滚舞蹈而心旌摇荡的我一样,既有几分惊喜和甜蜜,又有几分苦涩和犹豫。他想向她流露心意又怕她因受到惊扰和伤害而远去不复返,他不打开心扉又唯恐让眼前的现实再次变为心海深处的回忆。

我不知那小孩最终的决定,我只想在这静寂的雪夜,牵着你的手,走过一段属于我们的路。

虽然不知道明天的天空是艳阳高照还是阴霾遍布,但牵手时分就是一生的珍贵!

遗憾有时是一种美丽

不能想象没有遗憾的人生会是一种怎样的生活,完美无缺只能使我们怀疑。无论对于什么人,都会有无数个遗憾装饰他的一生。

遗憾是一种余恨和惋惜,但绝不是一种错误。遗憾在更多的时候是一种隽永的美丽!

怒放的花朵在阳光中鲜艳地摇曳,你看得入迷,正想攀折时,旁边来了守望者,于是你打消了已经萌生的念头。

也许你为没能摘到美丽的花朵而摇头叹息,可对于更多的人,你却为他们留住了春天,让他们看见了一种生命的美丽。

乘坐一列夜行的火车,在摇晃中你睁开惺忪的双眼,偶然的侧目远眺,竟使你看见在黑暗中跳跃闪烁的点点灯火,仿佛神话中的仙灯。你痴迷了,于是倦意全无。你想象着那灯火阑珊处也许是高楼大厦也许是海市蜃楼，于是你希望能去感受一番，可灯火随着列车的鸣叫从你的视野消失，你一时没有了心情。其实你不知道，那闪烁的灯火是从一座座破旧的茅草房里透出的。不能遂意的遗憾，为你保持了一份永远的美丽。

从一条小河边路过，碧绿清澈的河水让你产生了脱鞋蹚河戏水取乐的冲动，当然你没有这样做。其实你不知道，在这潺潺清流的深处，坑洼乱石密布，水草杂乱无章，不久前还有一名少年因下河游泳而深陷沙坑失去生命。这些你都不知道。未能如愿的遗憾，为你保存了"青青河边草，锦鳞缓缓游"的美好。

生活中还有许多诸如此类的遗憾。不是每一颗种子都能开花结果，不是每一处风景都能引人入胜。我们应该知道洁白无瑕完美无缺的人生可望而不可即，我们只须认真地对待生活，为美好的生活而努力。只要尽心尽力地付出过，即使有了遗憾，也无愧于曾经追求的心灵。

过去的遗憾即使美丽也无须留恋，最重要的，还在于紧紧地把握住每一个今天！

我想靠岸

曾在心中高高扬起一面白帆，去远涉，找寻记忆中一个辉煌的世界。

当波浪把我从梦中摇醒，我仿佛看见了那飘摇不定的纱巾，仿佛看见了在风中举目远眺的你。

浪潮一回回地拍打着你的双脚，浸湿你的裤管，可你如雕如塑，凝眸于辽远无际的水面。

我想靠岸。

冲浪的男人不仅常对涉过的重重暗礁险滩大笑，流着咸咸的泪，仰望天空翱翔的大雁；他更需要月亮的柔情，哪怕只是轻轻的一点，也会惬意地合上疲惫的眼。

明天没有风暴，是远行的好日子。今天，我想靠岸。

再听听刻骨铭心的一声声叮咛……

再看看岸上流泪的女人的脸……

两地书

致风帆

我只想求你轻轻地从我的心港驶出,不要复如彗星,划伤我的心空,留下阵痛,留下难以痊愈的伤痕。太阳悄无声息地闭上眼睛,从不惊扰别人的梦。

当我梦见海的时候,我便告诫自己不要梦见帆。我不忍有人因为我的呓语而把自己的心交给肆无忌惮的海魂,交给永远不肯平静的海浪。

我是唯物主义者,我是现实主义者,我告诉你这些很重要。我相信在海的那边,还有许许多多的风帆在寻找坚实的岸。我坚信每一个坚实的岸,都属于那边其中的一面帆。

我很感激你。你曾使我兴奋过、幻想过、充实过、幸福过。我的青春依然为你燃烧！面对现实，放眼未来，我很承情。

我绝不会掉进痛苦的旋涡，刻在我的心壁上的，是如火、如电、如日、如月的诗行，不是三月里流行的情人泪、相思愁。我不但站得很稳，我还知道该怎样前进。

我站在岸上看着你挑起夕阳投入黑暗的怀抱，我的心掠过一阵西伯利亚的寒流，一阵战栗，我不知道你的前方是否还会有热烈的蓬勃的太阳，但愿你的桅杆不要被狂风折断。

我为你担心，因为你的桅杆上，还系着另一颗心。

我期待着你高奏凯歌返航。我将为你编织一个五彩的花篮，在你凯旋的锣鼓声中送到你的面前。

我在默默地、默默地祝愿……

有一天

有一天，当这个世界还在做梦，当梦中的你还在看海，当海面的薄冰被春风剪开一个通道，悄悄地，悄悄地，我便从这个做梦的世界出航，吻别在梦中看海的你，高高地挂起一面白帆，从这个属于我自己的通道上驶离，去另一个世界寻觅。

我记得自己也曾梦见过蓝色。我想海一定是平静而善良的，如同你的心。

然而，大海欺骗了我。

有一天，你会看见风暴摧残着我，雷电击打着我，骇浪吞噬着我，暗礁则躲藏在水里，阴险地瞅着，发出一声冷笑，等待着我的到来。

我真想返回，可我没有，因为我想到了岸上正在梦中的你。

我终于战胜了艰难险阻，继续前行着。

因为我心灵的桅杆上，系着一面招展的白帆——你的纯洁而又真挚的心。

有一天，在茫茫无际的汪洋中，又多了一条受伤的船，尽管摇摇晃晃，可丝毫没有退却，依然一味地向前驶去。

暗礁风暴磨砺了我的意志，蓝天白云坚定着我的信念。我看到蓝色的海的尽头，有一个太阳映照的世界。

我停泊了。虽已疲惫不堪，可我还是兴奋地把金色的阳光装上，把绿色的宝石装上，把蓝色的玛瑙装上，再拣几个你喜爱的贝壳，匆匆返航。

有一天，我知道了海港几个湾，水道几阵风，航程几处滩，前行几多难，我依然挂着那面白帆，从那属于我的通道，驶过蓝色的海面，回到依然做梦的世界，给在梦中战栗的你捎一船五彩的故事。只是没有锣鼓，没有凯歌，我怕惊扰了你的梦。

可你竟睁开了眼,说你并没有做梦,而是在等待着。

你告诉我,大海不会欺骗每一个冲浪者。

我笑了。

多想再吻你,可是不能。

你,成了真理之神!

没有你的日子

其实，当我们挥手道别的时候，现实已注定了我们不可能像自己所希望的那样再长相厮守，而只能让你我在遥遥的两个世界里，无限大地发挥自己的想象，做最美好也是最痛苦的思念。

这想象是永恒的，没有半丝朦胧的意象！

没有你的日子，我绝不会失魂落魄萎靡不振。虽然太阳离我很远，可我知道，她总是在远方深情地注视着我，即使她疲惫地躺下小憩，也会托一弯新月，为我带来柔柔的问候。我会把明亮的月光扎成一束花，插进我爱的花瓶。

没有你的日子，我就把你的短发拉长，仿佛我的思绪，在阳光的照耀下，飘逸成一练气贯长虹的飞瀑，直泻在我宽广的胸怀，滋润我每一个干裂的念头。

我相信，你的长发会像蔗林，在我记忆的田野生长出醉人的甘甜。

没有你的日子，我会在无数个静寂的夜晚，遥望窗外深邃辽远的星空，或者谛听忽紧忽慢的雨声，在激情不尽的海洋中，写一首让我失眠的诗，然后念给每一声清亮的钟响，让远方的你在梦中微笑。

就这样，在没有你的日子里，我完成你深深的期待。

从头开始

曾经驾驶着一辆老"解放"翻山越岭西征大漠,可那毕竟是八九年前的事儿了,当我再一次来到汽车驾驶员考场,一切似乎都显得遥远而陌生。

部队驾驶证换地方证,按道理应该没有多么大的难度,可我和同车短训的几位复转军人一样,在严格的动作标准面前,显得无所适从。

挂挡,打转向灯,鸣笛,松手刹,抬离合器,踩油门。

浅蓝色的大卡车在太阳下出发!

辅导我们的教练员师傅,是位握了一辈子方向盘的老司机,六十岁的人了还显得精明干练。我们这些年轻人都觉得他有点儿"唠叨",可师傅语重心长地说:"你们这样是不行的,即使是老司机到这儿来,考试不按规定动作操作也不能合格。"

虽然路考的距离不算长,可一个个障碍接踵而来,它们像山里的劫匪一样藏在路边,不怀好意地等待着远方行人的到来。

汽车终于在走走停停中到达终点,我满头的大汗,后背也湿透了,这证明了自己技术上的生疏,也证明了教练的高见:"过去学过的东西又回到了从前,需要从头开始。好好练。"

从头开始!

挂挡,打转向灯,鸣笛,松手刹,抬离合器,踩油门……

几圈下来,教练和我都显得轻松多了。

几天之后,我终于在考官满脸严肃的"监视"中,完成了在考场的最后一圈驾驶。

其实无论"红灯""绿灯",毕竟自己又经历了一次考验。但人生的路上,还有许许多多的"鹅卵石"埋伏在前面,需要我从容越过。

给儿子

儿子,你睁开眼看这个世界已有一周时间了,可医院赠送的那本宝贝成长记录册上,姓名一栏却是空白的。

在过去的十个月里,我和你的妈妈曾多次为你设计了体魄,设计了相貌,设计了性格,甚至连眉毛耳朵眼睛都设计了,却没有给你一个名字。

其实名字仅是个代号而已,重要的是你将来要成长为什么样的人。

孩子,你可以没有足够的财富,但是不能没有高尚的品德。拥有万贯家财的人不一定高尚,爸爸认为拾金不昧的乞丐却令人敬佩。

你必须有一颗正直真诚的心,这样才会使自己无论做什么事情都问心无愧。

第一章 心语

你要用自己的一生,去切切实实体验爱,体验微笑和关怀。体验到这一切,你才会理解奉献,理解人的价值。

孩子,做男子汉也是一种事业。除了应该具备强烈的责任感外,你还应该有坚韧不拔的毅力和百折不回的自信,为完成自己的责任而努力。

你可以在广阔的田野耕耘,可以在轰鸣的车间做工,可以在硝烟弥漫的阵地为捍卫正义而战,可以在布满精密仪器的实验室为攻克科技难题钻研……

记住,孩子,只要是对社会有益的事情,你就要认真地去做。世上的工作没有高下之分,就像太阳、电灯和蜡烛,有一分热发一分光。

你可能不知道辛勤地迎接你来到这个世界的医护人员,但你应该知道他们的贡献。正是他们这些整天在产房里的人,让微笑代替呻吟,让痛苦变成希望,用双手捧起了明天的太阳。

和他们一样,这个社会上有许许多多的人,都是爸爸妈妈的榜样,更是你一生的楷模。

孩子,你真幸运。一生下来面对的就是微笑和关怀,就是鲜花和欢歌,就有来自各方的祝贺和希望。我明白所有人的心意,就是希望你成为一个有着高尚灵魂的人,希望你有一个充实而快乐的人生。

这一切,要靠你的追求和奉献去争取!

记住，孩子，高尚的人应该对社会有用，应该对人类有益！

如果名字也有某种寄托的话，爸爸和妈妈就叫你诗鹏吧。愿你的一生振翅高飞、如诗如歌……

就做凡夫俗子

不知道上帝在最初造人的时候,想没想过让人类有伟大与平凡、声名显赫与默默无闻之别。

令人遗憾的是名流大腕的名额实在少得可怜,整天与你并肩战斗、与你形影相随、与你擦肩而过的各色人等,几乎都是平庸之辈,算得上人物的恐怕没有几个。不信你环顾一眼四周,肯定和我的观点差不多。

当然,平庸之辈并不是不想出人头地!

就拿我个人来说,尽管父母斗大的字识不得几个,可我却从小树立了远大的目标:先是上小学时觉得老师站在讲台上口若悬河很了不起,就想自己将来也要当一名教师传道授业答疑解惑,做人类灵魂的工程师,可到现在,这"工程师"还是羞于在大庭广众之中露面启齿。后来看到运动会上其他同学各显其能出尽风头，就想着自己穿一身颜色与众不同的运动服金光灿灿地露一手，可至今我也没上过运动场。见武打片里那些武林高手辗转腾挪飞檐走壁，自己竟也偷偷在房间里抡几下南拳踢几脚北腿，觉得做个武林豪杰为民除害挺带劲儿，可今天你要叫我做几套广播体操，看后也会笑掉大牙。读侦探小说为福尔摩斯的神妙所叹服，就立志当一名主持正义的法官或警察，在填报高考志愿时，专门搭车赶到县城找在法院工作的舅舅商量，反复权衡慎重考虑后将政法学院和警校工整地写上，却终因榜上无名而让舅舅白忙活了大半天。至今我见了他老人家，还为曾经糟蹋了他的时间而不好意思……

到公元1995年，我就是29岁的人了，可仍是一个凡夫俗子！

看来要出人头地做一个伟人当一回英雄的确不容易。就在我这次考进西北大学青年作家班之前，还遭到了同样是凡人的妻子的批评。

那天她下班回家，我郑重其事地告知她我想报名参加考试的事，没想到她把两岁的儿子往我怀里一推："得了得了，放着好好的工作不干，上什么作家班？平时采访写稿就够忙活了，还想出什么名成什么家呀？"

没有得到"领导"的首肯，可我还是不甘心地辩解："我要不多学些东西，自己无知不说，连儿子也教不好，这不误了他将来的前程？"

"我不指望你们出什么名成什么家。我只要你干好自己的事，做好我的丈夫、儿子的父亲就行了。孩子将来只要是个正直的人、诚实的人、勤劳的人，即使和你一样挤公共汽车骑破自行车，我也心满意足……"

主观臆断、家长意志，竟会阻碍两代人才的成长！

看来我只能做一个凡夫俗子。

凡夫俗子就凡夫俗子！

凡夫俗子不必为争权夺利弄得焦头烂额，不必为宴席上少了座位难堪，不必为名字排前排后生气，不必为对方不知你的尊姓大名而尴尬。

凡夫俗子没有各路记者的围追堵截、不速之客的登门拜访和五花八门的是非传闻。

凡夫俗子平坦安稳舒适自然。我们走自己的路，活自己的人，干自己的事，拿自己的钱。我们住筒子楼却乐在其中，吃五谷杂粮也苦中有甜。

当然，凡夫俗子并非不学无术不思奉献，我们有自己的观点自己的打算，就连我那平凡的妻子也说，她的丈夫并不是一个不喜欢读书不学知识不愿充实头脑的人。最终，她还是和过去一样地支持我的选择，使我终于走进了大学的门。不过她还是不指望我成什么神做什么仙，只是要求我别浪费了血汗钱。

可我"贼"心不死,还是想混出个名堂来,包括班里那些"奇形怪状"的哥们儿姐们儿,也一个个拼了命地创作学习。前几天,大三一位女生在课间指着外号"默默耕耘"的老肖问我:"你们作家班的人为啥一个个看起来都神神的、怪怪的?"

我毫不客气地开玩笑说:"因为他们不是凡人!"

这个"他们"里到底包括不包括我,已经来不及细想了,妻子又在厨房里喊我洗碗呢!

看来,凡夫俗子这个担子,我还得认真地挑下去。

第一章 心 语

为什么我的眼里常含泪水

为什么我的眼里常含泪水？

只因为我患有沙眼。

与艾青先生那句"为什么我的眼里常含泪水？因为我对这土地爱得深沉……"相比，我的诗句显得微不足道。

每天清晨走出家门，沿着环城公园步行在草绿花红中去单位时，两眼都会有泪水流出来。我知道自己不是为古老的城墙所感慨，也不是为公园里的美景所打动，而是自己的沙眼病——虽然不严重，但总是个病。当然，这并不影响我两只眼睛永远是1.5的视力。

在北京参加一个全国深度报道研讨会吃饭时，同事江雪指着我，对坐在她旁边的南京大学新闻传播学院的周海燕老师说："你看他的眼睛，总是含情脉脉水汪汪的。"

我实在有些不好意思,那哪是什么含情脉脉,完全是自己的难言之隐嘛。

当然也没有什么难言的。只不过当时周围坐着来自全国的新闻学界和业界的大腕名家。

去年年底,单位组织大家体检。当时医生就说出了我身上的几个病症,而沙眼只是过去我本来就知道的病症之一。前两天得知,参加体检的400多名同事中,身体健康的只有60多名,其他全是亚健康和不健康的有恙之人,而病症也包括高血压、高血脂等60多种。想来有些可怕。更可怕的是在心理测试中,也有不少人有疾病,其中4人病情严重。

我想,同事们的身体健康状况之所以如此,是因为工作压力大、锻炼少、饭菜油腻等原因。

曾经有朋友发过一条短信,大意为身体是100000000中诸多个0前的1,金钱、地位、房子、车子是1后面的这些0,如果1倒下了没有了,再多的0也白搭。

这话听起来残酷,可事实就是如此!

所以,细想起来,一方面要加强饮食调整,加强身体锻炼,同时还要调整好心态。正因为如此,在昨天的评报会上,我在自己的PPT演示稿的最后,特意加上了西安市文联副主席张文彦先生寄给我的贺年卡上写的几句话。

其中最后两句为:"请记住,健康是最大的拥有,快乐是最宝贵的财富。"

这句话，应该铭刻在每个人的心上——

当因为得失利害斤斤计较的时候，应该想起它；

当为争权夺利而绞尽脑汁的时刻，应该想起它；

当为了一切不利于健康和快乐的事情而烦恼忧愁的时候，应该想起它。

为了健康快乐，给身体更多的自由，给心灵更宽广的空间……

第二章

闲情

新年从病床开始

生命和快乐总是脆弱的。也许正是这一点，才教会了我们懂得珍爱。

大年三十下午携妻儿回长安老家时，父亲早已让哥嫂在我们那间房子里生了蜂窝煤炉。

升腾闪烁的火苗，让从冰天雪地里回家的我们从里到外暖烘烘的。

看完央视春节联欢晚会，妻子和侄子侄女们玩扑克牌，儿子疯狂地在屋内屋外放鞭炮，我则早早回了房间，躺在床上翻看《南方周末》报纸。

结果第二天就感到有些不对劲儿，到了大年初二就更加严重了，浑身疼痛不堪，上气不接下气。去看乡医，检查后只说心跳过快，疑为心肌炎，让去镇医院。

妻子遵医嘱带了我去，镇医院却做不成CT，只好回城里治疗。

平时采访时，看过不少生命垂危患者接受各种检查的场面，这回却轮到我自己体验了。

量体温，测血压，胸透，B超，CT，肝功化验；输氧，输液，打针，取药。

医护人员忙得不亦乐乎，一番检查之后却没发现大的问题，仅仅确诊了一项慢性胆囊炎，可我的确头疼头晕四肢发困全身发烧眼圈红肿呼吸困难。

妻子自言自语地提醒："不会是煤气中毒吧？房子的风窗可是开着的呀。"

根据这句话，医生判断不排除一氧化碳中毒的可能。

一天三瓶吊针和须臾不敢去掉的吸氧管实在让人心烦，偶尔传来的爆竹声，更让我对生命和健康产生留恋。我可还要再见许多亲人同事朋友呢；更不想和自己采访过的因煤气中毒成为植物人的患者一样，眼看着亲朋好友站在面前却只有发呆的份儿。

初五，病情稍微缓解时，忙碌不堪的妻子才告诉我说她当时吓得想哭。她坐在床头笑着安慰我："这样也好，不全面检查还不知道有其他病呢！"

她说得有道理。奇形怪状的病魔们在过节期间袭击我，其

第二章 闲 情

实也是为了让我好好休息几天养精蓄锐,待我投入自己钟爱的工作中时,它们也就溃不成军纷纷撤退了。

初六单位上班那天,我虽然呼吸有点儿困难,但还是能坚持坐在办公室。

初七上午,我就怀揣药瓶,和摄影部胡国庆老兄杀进陕南山区,采访返城农民工,并一路跟随他们去广州、深圳了。

有好友得知我刚从病房出来就进山采访后,在为我病愈感到高兴的同时,又为我的拼命感到莫名其妙。

花样年华似水流,分分秒秒须珍惜!我想,新年从病床开始,正是为了让我以良好的状态,投入新一年的工作进程中吧……

慵　懒

　　睁开眼睛时，是中午12点整。淡淡的阳光虽然没有力量，但还是透过窗缝钻进来，赖在阳台上不走，并且挤开卧室与阳台的推拉门门缝，悄悄地往里看着。

　　与朋友的信息交流，到今天凌晨零点结束。所以是睡了个难得的点对点。

　　洗漱完毕，胡乱弄了点儿吃的东西塞满肚子。打开所有的窗户，又躺在沙发上，盖着一床薄被子看电视。

　　电影频道里播放着电影《童年往事》，导演是侯孝贤。

　　片子很好看。讲的是一个小镇上的平民家庭的小孩阿孝和他的姐妹兄弟成长的故事。画面很美，除了灿烂的阳光就是台湾那种淅沥的雨。

　　上课，作弊，打架；父亲死亡，母亲去世，阿婆逝世；在家里大声唱着歌曲，拿着藏匿的东洋刀和伙伴出去砍人；姐姐出嫁，弟弟一个个长大；向心仪的一名女同学递过去一封信，为了女同学一句"等考上大学再说"的话而放弃被保送去军校的机会，开始了考大学的奋斗……

他，就像我们，和我们身边的每一个人。

故事采用那种很亲和的娓娓道来的叙事方式，充满诗意。不由得勾起我自己对少年时光的回忆。

下午4点多才看完。看来今天是不用下楼不用出门了。

不知为什么，喜欢这种电影。就像电影《孔雀》里的姐姐，就像《阳光灿烂的日子》里的那个坏小子，希望、憧憬、向往、期待，生命就在永无止境的梦想中成长。

想起成长，无论幸福还是痛苦，快乐还是忧伤，成就卓著还是浑浑噩噩，经历过的一切都应该是财富。

枝枝叶叶总关情

我爱好收集各色各样的树叶。说起这个爱好,还有一段故事呢——

那是我高考落榜后在一所中学补习的时候,我背着沉重的思想包袱,一天到晚闷闷不乐。

语文老师找我出去散步。他捡起一片布满晨霜的枫叶说:"你看这叶子,经过霜打颜色更鲜艳。你知道这是为什么吗?"我疑惑地摇摇头。

后来,在我参军临行时,那位老师送我一个笔记本,扉页上别着一枚火红的枫叶,还写着几个雄劲有力的行楷字:霜重色愈浓。

我突然想起他问过我的那个问题了,他是借树叶来激励我呢。不同的树叶竟然有不同的寓意。

从此，我便开始收集各种各样的树叶，每到一个新地方，总是留心捡回些知名和不知名的树叶，夹在那本日记本内。有时还会写上几句诗。

一位诗友动了兴致，在日记本上写下了"枝枝叶叶总关情"的句子。

现在，我已收集了近百种不同颜色和形状的树叶，懂得了不少植物方面的知识，配写的小诗还在报刊上发表。

我对树叶有了更深的情感。当我收到远方寄来的树叶，或者把自己收集的树叶配上诗句寄给各地朋友时，内心是多么激动啊！当我在学习、训练和生活中遇到困难或受到挫折时，我就想起了"霜重色愈浓"这句至理名言。

我也常常想起印度著名作家、诗人、社会活动家泰戈尔说的："果实的事业是尊贵的，花的事业是甜美的，但是让我做叶的事业吧，它是谦逊地、专心地垂着绿荫的。"

这一片片树叶，不也是一个个世界、一种种人生吗？

我录《诗·歌·曲》

有朋自远方来,觉得不枉此行的,便是听了我自己录制的一些诗文和歌曲,我为这些起了一个雅名叫《诗·歌·曲》。

开始录制《诗·歌·曲》,是在一个周末之夜。我采访归来,坐在桌前铺开稿纸准备写稿。疲惫的我实在想喘一口气儿,无意中打开了收音机,喇叭里传出一个忧郁的男低音:"撑着油纸伞,独自/彷徨在悠长、悠长/又寂寥的雨巷/我希望飘过/一个丁香一样的/结着愁怨的姑娘。"呵,这是戴望舒的《雨巷》,我一下子来了情绪,也跟着朗诵起来。

诗歌朗诵完了,又是张云儿的《我想有个家》。歌声牵动了我淡淡的乡愁,我也跟着唱起来。

节目结束我意犹未尽,遗憾没有把这些节目录下来。

第二天晚上,我就找出空白磁带,从中央人民广播电台的

《今晚八点半》到陕西人民广播电台的《黄土地文苑》，只要有我喜欢的节目，我就在收听的同时录下来。就这样，竟坚持录制了《春天的故事》《请把你的忧愁给我》《今夜月光》等近20盘磁带。其中有我根据自己的经历创作的诗歌、散文录制的《雨中等你》《心音》，等等。

《诗·歌·曲》磁带成了我生活中的好伴侣，业余时间欣赏，顿觉倦意全无情趣倍增，朋友们来玩也常取出来播放，一起欣赏，有的还借去复制。因为他们和我一样，都热爱生命，珍惜青春，渴望自己的生活五彩缤纷。

贺　卡

前几天在为各地的朋友准备新年贺卡时，在一旁织毛衣的妻子凑上前来笑着问我："今年还给我寄不寄贺卡呢？"

看着她那调皮而又认真的神色，我笑了："当然，怎么能少了你的呢？"

和她相识在长安七中读书时，但来往却在五年前。那时她已是大学二年级学生了，我则到空军某部服役。她因弄丢了我的一本书，写了封信表示歉意。从回信中她得知我喜欢文学，就在学校图书馆借了大量的文学名著寄给我，又鼓励我参加国家自学考试的汉语言文学专业考试。"书为媒"，我们在互相鼓励和帮助中找到了爱的支点。

小张是个懂事的女孩，她不像别的女孩那样对时装、化妆品和零食着迷。在上学时她读了不少很有思想的书，又介绍给我看，以开阔视野。她不倾心买什么高档衣物，每次我从部队回西安，她也不要求我陪她去看电影、逛公园，而是跟着我到几家杂志社、报社奔忙，或是到图书馆看书查资料。每当我的作品发表，她比我还高兴，但也会指出其中的不足。正如我在一首小诗中写的："当别人否定我时 / 你肯定我 / 当别人肯定我时 / 你否定我 / 于是 / 我新生。"

恋爱的几年中，每当新年到来之际，我都要精心为她设计一张新年贺卡，配上一段短文或小诗表达我对她的爱。她一直精心收藏着这些贺卡。

今年我们结婚了，可我还是要为她设计一张有精美图画和文字的贺卡送给她。

我用彩笔在一张新年贺卡上写下祝愿文字，为她送出新的祝福。

洗手台上的鲜花

不知道心灵的内存空间到底有多大,反正除了少部分快乐外,储存更多的是由多种原因带来的忧郁和烦恼,仿佛是我生活的这座城市里那种永远也抹不去的灰色。

冬天的一个上午,我在二楼洗手间洗手的时候,无意中看见面前竟开放着一束艳丽的花。那色泽和水分,让我确定这些可爱的花朵不是有色无泽的塑料花,可能是谁从生日鲜花里抽出几朵来,用一个被切掉了口的饮料瓶子养着。

花的名字我一个不知,可这四五朵紫的红的黄的花,却分明健康地绽放着,花瓣上的水珠更是显出它们的妩媚和娇艳。

饮料瓶子外面的商标纸已被揭去,大半瓶水清亮清亮的,才被人换过。从透亮的瓶壁看去,花儿们绿色的枝子在水中蓬勃地舒展着,充满了生机和活力。洗手台墙面的镜子上,映出它们茁壮的样子。

因为当时感冒着，身体发困，那一天我的心情不是很好，可就在看到这些不知名的花儿以后，心情却一下子舒畅了许多。本来那天准备请假休息，却因为这花儿的影响，竟然愉快地工作了一天。我想在洗手台上放置鲜花的同事，一定是个快乐的人。

在此后的日子里，我每次过洗手台时，总忘不了看看台上的花儿。

后来有几天，我发现洗手台上只留着那个空饮料瓶，里面却没了花儿，哪怕是枯萎的。

我想那位放置鲜花的同事是不是因为休假了没上班，还是有什么不开心的事情？可就在第二天，我又看见空瓶子上鲜艳起来。

洗手台上饮料瓶子里的花儿一天天绽放着，瓶子还是那个透明的塑料瓶，花儿却在一次次枯萎后又一次次鲜艳，能看出有时是从生日鲜花上抽出来的，有时好像是谁专门从花店里买来插上的。肯定有不少同事在欣赏鲜花、为鲜花所感动的同时，也加入添置和呵护鲜花的行列中来。我也一样，将自己生日鲜花中最鲜艳的几朵放进了那个"花瓶"里，有时候看见瓶子里的水有些混浊，我还为花儿们更换清洁的水。

感谢那位最初把鲜花放置在洗手台上和后来的一个个接力

插花的同事,他们把自己的好心情传递给了大家,让更多的人分享。

其实每个人都一样,都需要有一个好心情、一个好环境,需要在每一个紧张忙碌的日子里多一些快乐。而如果能将自己的快乐与更多的人分享,那么我们就是最快乐的。

花儿是会枯萎的,可心情不能枯萎,它需要快乐永远给予滋润!

忧伤的颜色

记得去年在重庆时,《超级女声》的PK赛我几乎每场必看,也为选手们的精彩表现而疯狂。由于今年夏天有世界杯,暑假期间我一场《超级女声》比赛都没有看。

昨天是儿子生日,晚上回家早。吃过饭想起周末有《超级女声》,翻到湖南卫视时,正是选手韩真真和许飞对决。

我感觉她们两人都发挥得不错,特别是韩真真演唱自己创作的歌曲《如果爱》,唱得如痴如醉,很能打动人。

正忘情欣赏时,儿子过来却不屑地嘲笑我,说《超级女声》一点儿意思也没有,还不如听他下载的《火影忍者》的歌曲。

问他为什么,他说,《超级女声》的歌太简单太浅薄,听着根本没有感觉,而《火影忍者》的歌曲,简直让他听得流泪。

据他讲,他能听出歌曲的颜色是紫色,而紫色代表着忧伤。

我不解,告诉他代表忧伤的应该是蓝色,紫色应该是代表浪漫的,怎么能代表忧伤呢?另一方面,衣食无忧、天真得有点儿傻的小孩,怎会从歌曲中感受到忧伤?

他说,你不会明白的,真正的忧伤就应该是紫色而不是蓝色。

我真的不懂他!

听儿子说,《火影忍者》已有三百多集,就让他将整个动画片的"中心思想"说给我听。

儿子概括了其中一小段的内容,说《火影忍者》中的一个篇章,讲的是一个具有忍者功夫的孩子"白"的故事:

"白"所在的村子看不起那些有忍者功夫的人。"白"的父亲得知自己的妻子有这样的功夫时,就杀死了妻子。而"白"也有忍者功夫,于是遭到村民们的追杀,无奈他只好浪迹天涯。逃亡途中,有一个坏人救了"白"。"白"为了报恩,就追随那个坏人,并在那个坏人遭受追杀时替他挡了一剑,自己却中剑身亡……

我问儿子如何看待"白"的行为。他回答说,从道德上讲"白"是对的,从法律上说"白"是错的。

我不知他讲的到底是否正确,不过我虽然为《超级女声》喝彩却没有被她们感动得流泪,而《火影忍者》的歌曲却让敏感的儿子哭了。

其实儿子曾经给我放过一首《火影忍者》的歌曲,的确很美很动听。

不信你也去听听!

男人也逛街

逛街现在几乎被女人们定义到了逛商场的狭隘层面。一位朋友说如果十天半个月她不到商场报个到,就觉得憋得慌;而每次进去,她总是会在商场里转上四五个小时,虽然最后往往买的就那么一两件衣服。

女人逛街的乐趣无非就是在反反复复地欣赏、比较、试穿、挑选的过程中沉浸和陶醉,但这对大老爷们儿来说,却是一件令人头大的事。你在商场过道或者门口看见的那些愁眉苦脸徘徊的、抽烟看报的男人,往往是被女人们拉来逛商场时的"逃兵"。

但是烦逛街并不等于男人就不逛街。男人也需要购物,特别是出门在外,也会一改往常的面孔,正儿八经地转转商场,给家人和亲戚朋友买些"心意"带回来。令人尴尬的往往是购物的过程和结果。

我在外地出差逛街,最头痛的就是给妻子买衣服。每次转了一大圈初步确定目标之后,在开始选择时都要为长短宽窄胖瘦发愁,服务员问尺码时我一窍不通,只好在店里找与妻子个头胖瘦相当的女士,但找一个不合适,又找一个摇摇头,弄得人就没了兴致。有一次选了三名女士站在旁边当模特,看来看去都不合适,就没买成,一番道谢人家离开后,服务员却是满脸的不高兴。

还有一次,我正在为找不到模特为难时,突然看见一男一女手拉手从旁边走过去,我扔下服务员递过来的衣服,急忙跑过去连喊带叫地拽住那位女士,吓得她尖叫一声,男的则一下子冲上来摆出了打架的姿势。好在经过的服务员一番解释,对方才化嗔怒为平和。虽然女士最后乐意帮忙,但还是在拨通电话让服务员问了妻子个头胖瘦体重之后,才凑合着买了衣服。

2001年4月到重庆出差,工作完后就到解放碑广场去转悠,心想得给家里买点儿什么。想起了妻子说拖鞋旧了,想换一双,就满大街地找起拖鞋来。惹得同行的摄影记者张宏伟笑个不停:"那么大的西安还买不到一双拖鞋了?你真是把石头往山里背呢!"

但我却执迷不悟,反正一双拖鞋贵不到哪里去,花钱不多还能落得个礼轻情意重。最后我选中了一双红色鞋面上缀着紫花的拖鞋，打回电话问了妻子尺码大小后，花不足20元就搞定了。然而回家后好长一段时间却没见她穿，有一天突然想起来问为啥舍不得穿，她却回答鞋子夹脚，早已送给侄女穿了。几句话说得我好没面子。

也就是在这一次逛街的同时，考虑到原来给岳母买的电子表不能用了，而她老人家依然肩负着叫我儿子起床、接我儿子放学的光荣使命，就打算给她买一块电子表捎回家。一路留神着，发现街边有一家卖小玩意儿的店铺，就走了进去，张宏伟莫名其妙地跟着。

店内装饰非常另类，五六名少年顾客的着装也绝对后现代。我从他们中间挤过，问服务员有没有老人戴的电子表，对方不屑地摇摇头。张宏伟听了我的话又是一番"批评"："你开的什么玩笑？人家这是专门给少男少女卖的时装表，你给老太太买表跑这里来凑啥热闹！"我只好作罢。

我原以为在商场购买"尴尬"的只是我一个，没想到还有人与我同病相怜。

摄影部胡国庆老兄某一日发现自己的妻子正在穿的一件上衣太小了，穿在身上紧绷绷的，连扣子也扣不上，他就没好气地冲妻子发起火来："你看你能干啥？给自己买件衣服都不会买。"

"你还有脸责怪我？这衣服还是你上次出差时从外地给我

买回来的!"妻子的声音比他的更高。

老胡当然不信,没想到儿子大胆指证:"就是你在××出差回来时给我妈带的。"

在铁证面前,老胡只能笑一笑,低头缄默。

感受悠闲

没有家人跟随,没有朋友相伴,不必为办公室一阵阵电话铃声而烦扰,不必为每一天的工作而忙乱,不去买煤买粮,不去走亲访友,只有我一个人,用一种心情感受悠闲。

走在大街小巷,看人来人往、车水马龙。登上大雁塔远眺,体会玄奘大师诵经的宁静致远;徜徉在兴庆宫公园,阅读唐玄宗杨贵妃魂牵梦绕的爱情;在钟楼上驰骋想象,仿佛看到晨钟暮鼓下的雄兵百万。静静地躺在草坪上,于秦砖汉瓦里咀嚼着青草,或苦或甜,欣赏燕子怎样在朗朗晴空下翩然起舞,眺望风筝怎样在辽远的天空划过优美弧线。

闭了双目,想许多平日里来不及想的事情:上小学的第一天,放学了背着书包不好意思进家门;第一次坐火车进城,竟因留恋书摊而不得不和同学踩着满天星星沿铁轨步行回校;第一次发表了文学作品后不是兴高采烈,而是心跳加快,心情沉重……

那都是多么美丽而有趣的梦啊!

想着想着感到了饥饿。就去城门口那家饭馆,要一瓶啤酒、一碗葫芦头泡馍。坐在城墙下,背贴那缺棱少角的青砖,一杯啤酒下肚便觉心旷神怡——生活多美好!

远远近近的灯火开始点缀这座美丽的城市,和风轻快地送我回家。明天是星期天,还有许多事情要做呢。

像鸡毛一样飞

　　好不容易等到了星期天，想在没有梦的早晨多睡一会儿，可还是被朋友的电话叫醒。

　　才是上午11点多，白花花的阳光就照得人头晕目眩。虽然还处于后"非典"时期，但街上的行人早已是摩肩接踵，丝毫没有了一个月前的恓惶劲儿，男的女的高的低的胖的瘦的，一个个蛮精神。可懒洋洋的我傻子一般愣头愣脑闯进钟楼旁一家快餐店，胡乱地吃了一盘牛肉咖喱饭。

　　唯一能让我静下来的地方，恐怕只有电影院了。迷迷糊糊地来到电影院门口，《像鸡毛一样飞》的电影海报脱颖而出映入我的眼帘。

　　像鸡毛一样飞？

　　好诗意的名字！

第二章 闲 情

放映厅内只有一名观众，那就是我！

一颗鸡蛋打碎后，蛋清溅到了苏联著名诗人马雅可夫斯基的巨幅照片上——电影开头很别致。

接着是白色的阳光、白色的墙壁、白色的房顶和黑色的门、黑色的窗。

这是一部反映当代人生存现状的理想主义电影，从故事到拍摄风格都异常奇特：在生活中处处碰壁的男主人公是名诗人，他来到一个每隔三分钟便有飞机飞过的怪诞小镇，希望能够改变自己的生活；而与他产生爱情的色盲女孩的理想，是逃离这个对于她来说永远是黑白色的小镇。

一个偶然的机会，一张有魔力的光盘使诗人一夜成名。但是一切并没有因此变好。他丢弃光盘，离开了他真心喜欢的姑娘。

夜里，他梦见田里长出大树，树上结满了好诗，他和她快乐地在树下摘诗……

已经离开影院好长时间，女主人公唱的那首歌仍在耳边回荡："你是我的红色，就是太阳落山时的颜色／你是我的蓝色，他们形容的大海的颜色／你是我的白色，这个我知道，是雪花的颜色……你是我的粉色，就是桃子成熟时的颜色／你是我的蓝色，他们形容的天空的颜色／你是我的绿色，这个我知道，是树叶的颜色／黄色我也能够分辨，是我们皮肤的颜色／

你是我的颜色,他们所说的红、黄、蓝、白都是你/还有黑色,这些羽毛的颜色……"

我们到底还有没有理想?我们的理想是什么?如果说我们的生活没有诗意,总该有一些真实吧?可为什么连这点儿可怜的真实都无处藏身?

看着和我一样在太阳下奔走的人群,我不由得仰天长叹:我们的现状和电影中男女主人公的处境有什么区别,我们的梦想不同样在现实中挣扎着?我们能像鸡毛一样,在自己的天空自由飞翔吗?

第三章

他们

第三章 他 们

乡党安胡塞

（一）

当——当——当——

驼队悠悠，驼铃声声。

来自中国陕西省的由136峰骆驼和8驾马车组成的驼队，踏上了哈萨克斯坦江布尔州塔拉兹市街道。夕阳的余晖为这座古老的城市披上了锦绣衣裳。这个场景，仿佛一幅巨大的油画。

2014年9月19日，陕西省"泾阳茯茶·丝绸之路文化之旅"大型跨国文化交流驼队，从中国陕西省泾阳县出发，沿着古丝绸之路一路西行。经过一年跋涉，历经8000多公里之后，于2015年10月6日下午6时许，抵达哈萨克斯坦江布尔州塔拉兹市。

两国官员在江布尔州专门为迎接驼队建设的古堡城墙下见面。在州长、市长和中国客人之间翻译的工作人员，就是安胡塞。安胡塞口语流利，而让我奇怪的是安胡塞翻译时，向当地人介绍时讲的是俄语，对我们翻译时说的不是普通话，而是一口地道的陕西话。

安胡塞中等个头，60岁左右，满头寸发虽已花白，双眼却炯炯有神，古铜色的面孔就像我们关中平原上任何一位父老乡亲，只是一身深蓝色西装、红底白道的领带和一双擦得黑亮的皮鞋，才让他有别于我们关中农村的汉子。

等见面仪程完毕，我忍不住低声问他是哪里人，他双眼眯成一条线笑着回答："就是陕西的，老家在长安县（现长安区）。你阿达儿的？"

"哈！真的？那咱是乡党，我也是长安县的。"

据安胡塞讲，自己第一次回中国是1994年，寻根10年之后，终于在西安市长安区王曲镇找到了自己的亲人——已经82岁的一位本家姑姑。当他看到爷爷、兄弟和自己的名字出现在老人拿出的家谱上时，激动得热泪盈眶。

在去往哈萨克斯坦的飞机上，听翻译介绍安胡塞的身份是哈萨克斯坦东干（陕西关中方言"东岸子"的谐音）协会会长、中国海外交流协会理事、新丝绸之路文化经济国际交流协会会长。他受过高等教育，在苏联时期担任集体农庄主席。哈萨克斯坦独立以后,除了经商,他把主要精力放在了发展中哈友谊和东干人协会的工作上。他还是哈萨克斯坦全国民族大会的成员,在哈萨克斯坦特别是在东干人中有很高的威望。

没想到,在这距离西安数千公里的异国他乡的古老城市,几句地道陕西话,一下子让我和安胡塞一见如故,真像失散了几十年之后终于见面的亲人。

得知我是"丝绸之路文化之旅"经贸慰问团的随行记者,安胡塞有些激动:"乡党,那你是个'写家子',要好好儿给咱写一哈(方言:下)。这儿的人一直都把咱陕西驼队到来当作传说中的故事,今儿个终于梦想成真,这伙人高兴扎咧!"

第二天,驼队在哈萨克斯坦江布尔州塔拉兹市开展巡游活动,引起沿途市民竞相追随围观。市民们或挥手示意或一声声喊着"你好"。安胡塞和我们几个走在驼队前边,沿街多位胸佩勋章的老人纷纷走上前来,和他握手、拥抱、寒暄,之后在骆驼前合影留念。

驼队到达主会场公园门口,近万人将道路围得水泄不通。安胡塞站在公园门口喷泉广场前,手持话筒,向市民们介绍了陕西茯茶驼队一年前从家乡出发到达塔拉兹的故事。

大太阳下他满脸汗水,但一口流利的俄语将故事讲得很带劲儿,一次次引起市民欢呼。

（二）

两天后在"陕西村"见到安胡塞先生时，他已经不是西装革履的打扮，而是身穿一袭白色的中国对襟衫，头戴一顶白帽子，看上去就和西安坊上的回民大叔们一模一样。

他告诉我，平时有公务时就到州上和市上忙，忙完了就回"陕西村"，住在乡下的家里。

安胡塞介绍说，许多人以为"陕西村"是一个村，实际上"陕西村"是包括营盘、新渠等4个乡7个村7万多名东干人居住地的统称。

安胡塞和营盘村几位老者带着我们首先参观了营盘村的民族博物馆。博物馆展出的近千件展品，有木犁铧、铁锨、铁叉等农具，还有大量的服饰等，与关中地区农民曾经或现在使用的农具差异不大。他捧起一个直径三四十厘米、上面钉了多个铁卡子的白色大瓷碗介绍："这就是咱们当年带过来的大老碗。"我和他开玩笑说："拿这碗咥面美得很。"他呵呵地笑了。

在带领我们参观了他家的房屋和屋后的果园后，安胡塞安排十几名客人在砌有土炕的客厅坐定，用地道的关中臊子面招待贵客。"这些韭菜咧芹菜咧辣子咧，都是过去从老家带来的种子……"老安指着配菜，如数家珍。

第三章 他们

吃完臊子面,开始吃席面。这个席面完全传承自陕西关中传统席面"十三花",其中包括关中农村常见的炸鸡块、炸鱼、甜饭、丸子等菜品。席间,安胡塞指着忙前忙后端碟子递碗的老伴儿笑眯眯地说:"这么多好吃的,都是这老婆子跟娃们家做哈的。"逗得远道而来的乡党们哈哈大笑。

琳琅满目的美味小吃,特别是地道的关中臊子面,让离开家乡多日的客人们仿佛回到家里,心中顿生一股暖流。

(三)

为了活跃气氛,安胡塞还为我们朗诵了"陕西村"写家索尊实写的《给中国》:"虽然中国我没去,也没见过 / 可是时常在心里,我可想У / 你的俊美我听了,打爷跟前 / 说是那头他生了,百年之前 / 好像绿岭摆着呢,高山树林 / 冰山明明闪着呢,景景照红 / 长江黄河流着呢,打西往东 / 一切活物饮着呢,河里水清 / 水清滩里落着呢,老坝跟前 / 在水里头浮着呢,雀声叫唤 / 跟前莲花开着呢,开得喜色 / 麻雀花上落着呢,不想要飞 / 历史书上也听过,中国很早 / 可是最后花开了,鲜花味道 / 就像春天撒开了,花的气色 / 一切民族闻见了,她的香味。"

朗诵完毕,掌声和喝彩声响起。笑得眯了双眼的安胡塞拱手作揖,对大家表示感谢。

正吃饭时,门外进来了一个小伙儿。安胡塞介绍,这小伙儿姓戴,也是西安来的,正在"陕西村"搞大棚蔬菜的项目。

除了像接待亲戚一样地接待来自中国的贵客,从1999年开始,安胡塞就有意识地组织当地1500名青年,分别到陕西师范大学、西北大学、兰州民族学院等高校学习汉语等专业课程。

他说:"我告诉年轻人,我们离开西安走得太远了,走了一万里路才走到这里。但那边是咱的老家。你们不能没有根,不能忘了自己的语言文化。没有这些,你就寻不见自己了。"

安胡塞说,这里距离唐代大诗人李白的诞生地碎叶城遗址只有20多公里,他计划建一个李白博物馆公园,让更多的中国人来看看"陕西村",吸引更多的中国人来此开展商贸旅游文化交流活动。

我想,如果真是这样,将会有越来越多的陕西乡党来到哈萨克斯坦,来到"陕西村",体味异乡遇故知的感觉吧。

第三章 他 们

心 河

河不宽，就从我们村子西边两三里外流过。可是在我童年的记忆里，从春到夏，河水却不小。

河的名字叫沣河，是从秦岭深处流出的蜿蜒于关中平原那种很普通的河流。那时的河堤两边，全是一抱多粗的树木，茂密的叶子从枝杈间垂落下来，遮天蔽日。

到了夏天，河堤是大人们的纳凉处，河床是娃娃们的天然游泳场。透过清亮清亮的水，能看见河底的小石头。游泳打闹口渴了，双手合在一起，掬起水来，"咕嘟咕嘟"就灌下肚子。那水甜得，真是爽口如甘霖。

太阳落山的时候，我们一个个小毛孩光着上身，在霞光的映照下往回走。路上，常常会碰到背着一背篓柴火的二爷。虽然他的儿子在西安城里上班，可他总是一身黑色土布衣服，还打着补丁。

二爷驼着背弯着腰，慢腾腾地走在乡间土路上，嘴里哼唱着曾经教给我们的民谣："九月里九重阳哎 / 收呀收秋忙 / 谷子儿呀那个糜子儿呀哎 / 铺呀铺上场……"当时只学会了几句，长大之后才知道，那是贺敬之先生写的《秋收》的歌词。当然，二爷的哼唱，不是现在这种流行歌曲的唱法。他是清朝的秀才，一直都留着平头，下巴的胡须却是长长地垂到胸前，就像关公那一捧美髯。他哼唱的姿势颇有读诗诵典的感觉，摇头晃脑，眼睛微眯，如痴如醉的那种。如果有风，会胡须飘飞。

二爷的家和我家原先就是一个院子，后来在中间砌了一堵刚高过人头的小院墙。想说话的时候，两家人就隔着墙说；需要啥东西，也是伸手一递就能接着。

到我上高中那年，二爷应该快80岁了吧。他每次吃饭时，总是给他的房间摆放一张小方桌，除了自己吃的，还端来一套碗筷和饭菜。别人问他给谁摆放的，他总是说："给我儿摆的。我儿要回来咧。"

最初我还以为他说的儿子就是在西安城里工作的叔父，后来听父母说，在城里工作的是二爷的二儿子，他还有一个大儿子，在解放前被国民党抓壮丁抓到台湾去了，几十年里杳无音信。

第三章 他 们

"可能是你二爷想你大咧。唉,也不知道他是死是活。"父亲摇着头,无奈地解释说。

也许是因为年龄大了,二爷变得有点儿疯癫。每顿饭都要给他大儿子准备饭菜,雷打不动,边摆放碗筷边自言自语地说着"我儿要回来咧"。什么搅团玉米糊糊面条饺子馒头,一顿也不能少。特别是一些重要的节日,他会郑重其事地摆放满满一桌好吃的,生怕把他的大儿子给忘了。中秋的月饼、石榴,春节的点心、糖果,一样也不落下。当然,好吃的最后还是让我们几个娃娃享用了。

二爷在背着背篓出门拾柴火的半道上,也是一遍遍"我儿要回来咧"地说给认识不认识的人。我们村的人知道原因见怪不怪,有时候有人也会像往常议论时说的那样逗他一下:"咋可能呢?你娃都走几十年咧,活着死咧都不知道呢。"而陌生人听了,觉得他是个疯老汉,或远远地走开,或开几句玩笑之后便不再理睬。

更多的时候,二爷则是背着背篓,一个人站在沣河东岸的河堤上,面向对岸呆呆地站着,拖着长长的后音说:"我儿回来咧——"好像他儿子就在河西看着他一样。

二爷去沣河岸边呆立呼唤儿子,一年四季不断。在冬天风雪交加的时候,叔父婶娘们怕他出意外,便硬将他阻拦在家。

就这样喊了三四年后，二爷终因思儿心切，不幸辞世。他留给我最深的印象，就是那"我儿要回来咧"的声声呼唤。

我当兵不久，听大哥来信说二爷的大儿子一家几口从台湾回来了。这时候距二爷去世已有大半年的时间。村里有的人觉得人和人之间有感应，二爷的大儿子一家就是我二爷声声唤回来的。还有一些人唏嘘不已，感觉太遗憾，说要是二爷能再坚持一年半载，还就真能见到自己日思夜想的儿子了。

随着海峡两岸关系正常化，两岸亲人们的走动也慢慢频繁起来。二爷的两个儿子也经常你来我往地走动。当然，随着通信事业的发达，电话、手机联络就更方便了。

但是我始终对二爷经常站在沣河河堤面向对岸呼唤"我儿要回来咧"的原因不明就里。后来有一次试探性地问在西安城里上班的叔父时，他解释说："那是你二爷把沣河当台湾海峡了。"

把沣河当作台湾海峡了？

我终于明白，虽然沣河不宽，可是在二爷的心中，那就是比台湾海峡还宽还遥远的距离；如果他老人家等到了大儿子回来，甚至能等到祖国统一，那在他的心里，台湾海峡会不会变成村子西边窄窄的河流呢？

第三章 他们

海伦的奋斗

1907年9月21日，海伦·福斯特·斯诺在美国犹他州锡达城呱呱坠地。

和所有的文学青年一样，海伦从小就有一个当作家的梦想。8岁时，她读了小说《绿野仙踪》，心情就无法平静，发誓长大了一定要当一名大作家。

海伦的父亲约翰·穆迪·福斯特，曾上过两个大学，获得两个学位，后来当了律师。福斯特夫妇都是民间的领袖人物，很受人们尊重。海伦自幼受父母喜爱，学习非常用功，多次被推选为班长，还当过学生会副主席。后来福斯特夫妇送她去教育条件较好的盐湖城西部高中读书。

上中学时，她就渴望去远方的国家旅行。到大学时，急性子的她还没毕业就迫不及待地离开了校园。

1931年8月,年轻貌美的海伦来到中国,在美国驻上海领事馆当书记员。她打算在中国待一两年开开眼界,充实一下对世界的认识。总领事保罗·休斯顿是位老资格的外交官,收藏着许多关于中国的书籍。没用多长时间,海伦就如饥似渴地读完了休斯顿先生的全部藏书。这些书,使她对中国发生了浓厚的兴趣。她胸怀大志,决心在东方干一番事业。

她担任《密勒氏评论报》驻北平记者,写书评和文章,还定期给在纽约出版的《亚洲》杂志撰稿,介绍中国的现代艺术和文学作品。当时的中国革命风起云涌,她积极参与"一二·九"爱国学生运动,支持中国人民的抗日斗争。

美国记者埃德加·斯诺得到母亲病故的消息从印度赶回上海,加上身患重病,回来的路上又被牲口踢了一蹄子,情绪极为低落,对印度和中国都感到绝望,只想回美国。海伦安慰他,激发了他新的斗志。

两人志同道合,相互帮助,逐渐建立爱情。在海伦刚满25岁时,斯诺向她求婚,却被她拒绝了。海伦不想因为他们的婚姻影响自己的追求。她表示一定要等自己的书出版之后,才谈婚论嫁。几个月后,斯诺把她的第一本书《远东游记》寄给美国的一家出版商。这一次,斯诺再次求婚,海伦终于同意了。

斯诺在家信中称自己的准新娘棒极了:"海伦大方、聪明,才华横溢。她能写出当代女作家最伟大的作品。"

第三章 他 们

1932年圣诞节，两人在东京举行婚礼，并到东南亚进行了一次漫长的蜜月旅行。1934年，两人离开了外国人扎堆的上海，来到了更有中国味道的北平，成为美国刊物的自由撰稿人。

两人在北平郊外租了一幢房子，海伦做了各种努力，让斯诺排除干扰安心写作。这段时间，也是斯诺的高产期。而海伦逐渐厌倦了与普通外国人的社交生活，她希望能够与学生和关注中国命运的人交往，于是，她的家成了这些人聚集的地方。但是海伦和这些人的见解不一样，她认为他们并没有真正地了解中国的历史和现实。

斯诺在燕京大学教授新闻，海伦也选修了几门课程。从1935年起，她开始写反法西斯的文章。她成了中国写反法西斯文章的总收发人。她把这些文章编辑打印后带回学校交给学生。她认为，学生运动可以触动整个国家。

1935年12月9日，"一二·九"运动爆发，海伦举起手中的相机，记录下了这一伟大的学生爱国运动。海伦反对国民党对具有进步倾向的爱国人士、青年学生的镇压，特别是枪杀共产党员。她甚至也在人群中挥臂高呼："打倒日本帝国主义！"她推测她的不少学生是秘密的共产党员，但是她没有问他们。她也结识和保护了许多青年学生。

1936年，中国工农红军经过二万五千里长征到达陕北，当时红军的故事连许多中国百姓都不知道，却让性格开朗的海伦产生了去西北苏区看看的想法。

虽然自己未能成行，但她积极鼓动斯诺克服困难，前往陕北采访红军。

1936年6月，斯诺克服重重困难来到保安县（今志丹县），采访了毛泽东等中国共产党领导和部分红军官兵。

斯诺秘密去陕北访问，数月杳无音信，这可急坏了海伦。9月的一天，她终于得到斯诺的消息，要她立即去保安会合，共同考察西北的红军。

海伦满怀激情地到达西安后，红军派驻东北军的代表刘鼎却告诉她，去陕北实在太危险，何况斯诺将离开苏区，可以不必再去陕北。

海伦的情绪一下子低落了，怎么会是这样？她一次次去八办找刘鼎。

功夫不负有心人。作为对海伦的补偿，经刘鼎、张兆麟联系安排，同意海伦在西安采访当时驻守陕西的国民党副帅张学良将军。

海伦喜出望外，她拟写了许多问题给张学良，采访中连连发问。其中一个问题问道："最近在成都汉口上海等地发生的8起事件，对中日关系已形成新的危机。您认为政府会拿出什么样的政策？是继续镇压抗日运动，还是反对日本的要求？"

第三章 他们

张学良回答:"抱歉得很,我不是政府,我个人回答不了这个问题。但我坚信,中国实现真正的统一是可能的,那时,我们就能成功地抗击侵略者。这一点,我是深信不疑的。自日寇侵占东北三省以来,内战危机不绝。但因全体国民实想团结对敌,各种内战均被公众舆论所制止。唯有抗击外敌,中国才能实现真正的统一。"

海伦又问:"那么,南京政府和红军之间的内战您如何看待?您是否认为中国真正的统一也包括停止这样的战争?据说,东北军不愿这样打下去,而是想同红军合作,协力抗日。"

张学良答:"我和我的东北军高级将领,绝对忠诚于政府。如果共产党能够在中央政府的领导下,诚心诚意地同我们合作,抵抗共同的外敌,这个问题,也许会像最近的'西南事件'一样,得到和平解决。"

出席这次会见的中央社和《大公报》记者都未获报道许可,张学良却对海伦说:"您的报道发出之前,能否让我核对一下?"

海伦如获至宝,因为在西安发电报易被扣压,她当即返回北平,用无线电发报机发走了这条独家新闻。伦敦《先驱日报》发表了这篇报道后,世界各国的外交官大为震惊。

10月底,斯诺结束了历时4个月的西北之行,回到北平躲在家里秘密写作,以便尽快将真实情况公之于世。

在紧张的写作过程中，海伦一直帮他打字、校对、撰写照片说明、翻译从苏区带回来的各种文字资料。《西行漫记》（又名《红星照耀中国》）手稿中涉及的有关中国工农红军及其长征，苏区的政治、经济和社会状况，中国共产党领袖们和普通战士传奇般的经历，像一块块强大的磁石，深深地吸引着海伦。

海伦在校对阅读斯诺采访带回的素材时，发现所缺资料太多，他甚至连红军司令朱德都没有采访到，海伦感到非常遗憾。她心潮澎湃，下决心一定要去延安，补充丈夫采访的不足。

1937年4月下旬，海伦离开北平，去延安采访收集丈夫前一年未及采访的红军领导人的情况，包括朱德和他的部队。斯诺建议妻子到延安后，收集一切可以收集的材料，"只要能拍摄，什么照片都要"。

海伦到西安后，受到了国民党方面的严密监控。一天凌晨1时许，她从下榻的西京招待所的二楼房间跳窗逃出，躲开国民党军队设在门口的岗哨，在外国朋友的接应下连夜赶到泾阳，并从这里奔赴延安。她被延安的一切新鲜、朴素、友好所感动，在延安采访了4个月，约见了60多人，提出了数以百计的疑问，撰写了34个人物小传。

斯诺根据妻子的建议，重写《西行漫记》的后4章。海伦把丈夫急需的材料，委托他人从延安捎回北平，包括她拍摄的

第三章 他 们

14盒胶卷，并提醒斯诺"注意保存"。

50多年来，当世界各国的读者阅读《西行漫记》时，并不知道书中部分章节的原始材料，都是斯诺的妻子海伦所提供；书中几十幅珍贵的历史照片，其中有10多幅为海伦所拍摄。可以说，《西行漫记》是斯诺夫妇两次陕北之行的共同产物，并非是斯诺一人的成绩。海伦自己也根据这次采访写成《西行漫记》的姊妹篇《续西行漫记》，以及另外3本书。

然而，让海伦能够在后来的1981年和1982年连续两年获得"诺贝尔和平奖"提名的，不是她的创作活动，而是她在中国时提出的"工合运动"。

1937年11月，海伦搭乘汽轮从天津到达上海。坐着出租车穿行在街上，一群群难民的困顿令人窒息。海伦非常担心这些上海市民变成战争难民，"如果他们都拥向农村可怎么生活啊？这60万产业工人失业，眼看着将在大街上死去"。

海伦苦思冥想着如何组织失业难民生产自救，支援抗战。

海伦的家乡，美国犹他州锡达城，就是她的祖辈们长途跋涉从很远的地方到达那里，在一穷二白的基础上建立起来的。她想到自己的先辈开拓西部的经历，提出了组织工业合作社（以下简称"工合"）的主张，失业工人可以和农民一起，建立小型企业和作坊，自己拥有，自己管理。

海伦苦口婆心地动员斯诺和路易·艾黎，一起说服国民党和共产党，接受合作主张，为全体中国人民谋福利。

在海伦看来，上海的少数工人到内地去，用自己的双手，建起自己的工厂，生产战时急需的物资，繁荣市场，是符合逻辑的事情。在没有文化的广大农民之中，大规模地培育自己管理、发展经济的模式，系统孵化合作社的工合制度，是20世纪发展合作经济的第一次重大尝试。海伦·斯诺坚信，"工合"可以成为不同政治群体、不同社会制度之间的桥梁，"工合"也是在中国基层建设民主的好办法。

有关海伦首创"工合"、如何把战时救济与建立合作社组织结合起来，斯诺和路易·艾黎在他们的著作中都有所描述。斯诺曾经写道："工业合作使数以百计的、自力更生的生产小作坊在全中国兴起，如果没有她的坚强信念和热情，这一场运动是不可能发生的。"

中国工业合作协会1938年在汉口正式宣告成立后，数以千计的工业合作社在全国相继建立起来，各种各样的生活日用品被合作社大批地生产出来，及时有力地支援了抗日前线。

海伦还在以宋庆龄为主席的工合国际委员会的密切配合下，在美国、菲律宾等地，为"工合"筹措资金。

海伦和普爱德一起，在纽约成立了美国支援中国工业合作社委员会，并亲自担任副主席。美国总统富兰克林·罗斯福的母亲萨拉·德拉诺·罗斯福担任荣誉主席，总统第一夫人安娜·罗斯福是赞助人。该委员会为中国"工合"筹集了500万美元的战时救济金。

海伦还以尼姆·韦尔斯为笔名,撰写了许多关于"工合"的文章。她的《中国为民主奠基》(1940年纽约出版),是一部仅有的关于中国工业合作运动的专著。后来,这本书在印度再版,印度总理尼赫鲁为其写了前言,把它作为印度工业发展的教科书。海伦1972年访问印度时,受到了贵宾待遇,被印度誉为"工合之母"。

因为发起"工合"运动及海伦对"工合"的持续报道推广,她于1981年和1982年连续两次被提名"诺贝尔和平奖"。

2001年9月7日,联合国决定自2002年起,每年的9月21日为国际和平日。也许是巧合,这一天,正好是海伦的生日。

海伦·斯诺不仅仅是一名记者和作家,她也是一位走在时代前列的独立的思想家。她不仅能看到人类历史发展过程中存在的问题,而且能想出解决这些问题的绝妙主意。

继"工合"之后,她关于新中国经济模式的思想,是其中最具历史意义、最为重要的思想。

早在20世纪60年代,当西方国家就中国能否蜕变为资本主义而争论不休的时候,海伦认为:"无论是现在还是过去,在中国搞资本主义是不可能的。"20世纪80年代初,中国朝着市场经济的方向,开始了全面的经济改革,工业合作社在中国也得以恢复。

海伦在她的回忆录中这样写道："中国仍在摸索着前进，仍在试验，仍在改革。她能够发展成为一种社会主义的混合经济，可是永远不会发展成为其他的历史上的西方制度。"13年后的1997年，中共十五大将"混合所有制经济"在党的正式文件中确立，把"坚持以生产资料公有制为主体、多种经济成分并存的所有制结构"写进《中国共产党党章》。

海伦自1940年回国到1997年逝世，一直在观察中国，研究中国，撰写中国的过去及未来。

1986年夏天的一天，海伦带领安危先生和中国问题学者雪莲去北麦迪逊公墓。她指着自己的墓地说："这才是我永久性的住所。"安危先生知道海伦已经开始考虑自己的后事。他笑问："当某一天我不得不来这儿看望您的时候，您期望我给您带些什么？"

海伦毫不犹豫地答道："我喜欢黄玫瑰，还有关于中国的好消息。"

鲁迅先生曾经写道："有几个外国朋友之爱中国，远胜于我们有些同胞自己。"鲁迅先生所指的这几个外国朋友，就包括埃德加·斯诺和海伦·斯诺夫妇。

美国麦卡锡时代的政治迫害，使海伦一直找不到正式工作。1949年她与斯诺离婚后，独居在麦迪逊镇一个小农舍，平

第三章 他们

时只使用着一间房子，为的是节省暖气。20世纪60年代起，她每月只靠70美金生活，80年代初才增加到150美金。她的电视机是黑白的，图像不清楚。看新闻节目的时候，她必须把电视机后背拍一拍，才能出现图像。她没有车，没有办法上街买东西，总是请邻居代劳。

有一次，安危和中国代表团其他成员应邀去看望海伦，临别时，中国代表给她送了礼品，可是她没有什么可回赠他们的，在屋里转了一圈，最后在地上捡起支圆珠笔，擦了擦上面的泥巴送给了安危。回国后，代表团成员把这个令人感动的场面当作故事，给人们讲了好多年。

海伦虽然过着清贫艰苦的生活，却从不接受他人包括中国政府的馈赠和经济援助。

中国几任驻美大使，前后不下三次登门看望她，并提出给她资助，她都没有接受。

1972年和1978年，海伦曾两次访华，都是应全国友协邀请全程公费招待的，但她还是坚持自筹资金来华访问。她没有钱，就把她在中国收藏的字画、在中国买的地毯和青铜器等物品卖了筹够旅费到中国。

对于中国革命做出杰出贡献的海伦，为什么坚决拒绝中国政府的资助呢？

在后来的一次深谈中，安危跟海伦提到了这个问题。海伦很坚决地回答说:"我是作家,是新闻记者,我的一贯原则是如实报道和独立思考。对发生的任何事件,首先要搞清楚事实,然后再独立思考,不受外界因素的干扰,从而做出自己的判断。"

海伦说,她一直是这样做的。如果她接受了中国政府的资助,即使她的文章是客观的、符合事实的,别人也会说她是为中国说话的,因为她拿了中国政府的钱。如果是这样,她就会失去她的读者。如果一个作家、一个新闻记者失去读者,就等于失去了生命。

安危先生

想起这个题目时，78岁的安危正拉着一个行李箱，提着一个比行李箱还重的大电脑包，和我们大步流星地往登机口赶。他边走边嘟囔着原来的行李箱在往机场赶的过程中拉坏了，这是在机场临时买的新家伙，所以舍不得让年轻人帮他拉。后来进一步交流才知道，他是不想让我们把他当作老人对待。事实上，他赶路的速度，并不比我们年轻人慢。

安危先生，陕西省扶风县人。1962年考上大学，学习英国语言文学。就在毕业前学校要派他去英国留学时，"文革"开始了，他被分配到陕西省人民政府外事办公室。不久，被下放到南泥湾"五七"干校接受再教育。

许许多多的问号在年轻的安危心头盘旋凝聚。上学读书非常不易，难道17年寒窗苦读学到的知识和技能，就要这样被浪费掉吗？

这个农家小伙儿不甘心。

到了"五七"干校后，他除了劳动，就是躲起来学习。那时没几本书可读，他就抱着《毛泽东选集》1至4卷，再加上一本《毛主席语录》翻来覆去地念着，"老三篇"他全能背诵下来。学校要求每人带一套《毛选》和《语录》，他却带了两套，其中有一套是英文版，企图"一箭双雕"，但还是遭到干校连长的干涉。

"我们来这儿是触及灵魂、接受再教育的。你怎么还看洋文？"

"连长，这是毛主席著作。我们要把毛泽东思想传播到全世界去，不学怎么行啊？"

连长口气软了下来，问他："看这能顶用？"

"当然顶用了！《毛选》中好多成语、典故，我原来理解得不确切、不深刻，读了英文版，对主席著作更感兴趣了。"

通读《毛泽东选集》英文版，不仅使他的英文大有长进，而且让他对中国革命历史产生了浓厚的兴趣，因为英文版对好多历史人物、历史事件做了详尽的注解。

1971年春，安危被从干校抽调到延安纪念馆，参与陈列内容的调整工作，他的具体任务就是给解说员写解说词。工作一段时间后，领导发现他英语不错，一了解，才让他这个被遗忘

第三章 他 们

的省外办下放的小青年有了显山露水的机会。

1978年的一天，省外办领导说有个美国电视摄制组要去延安，让他接待。安危一看名单，发现其中竟然有他很敬重的美国女记者海伦·斯诺。

这年9月，就成了安危与海伦·斯诺忘年之交的开始。

欢迎海伦·斯诺重返西北的欢迎晚宴上，海伦很高兴，特别提到了担任翻译的小伙子与其他翻译的不同之处，不但英语说得顺溜，对历史也很在行，所以特意提出后面的活动过程中，就让安危坐在她的车里。

安危怎么也没想到，和海伦·斯诺的第一次见面，竟然"一见钟情"。海伦当着众领导的面，给了他那么高的评价。

1978年中国西北之行后，海伦·斯诺主动给安危写信，后来还把她写的文章寄过来。安危一看写得非常好，就翻译成中文寄给了《延河》杂志社。文章当年成为该刊"庆祝中华人民共和国成立三十周年"的重点文章之一。

安危把这期杂志给海伦·斯诺寄去一份，表示感谢和祝贺。此后两人通信越来越多，海伦把自己的著作和手稿一本接一本地邮寄给安危，要他帮助在中国翻译出版。海伦对安危说，她写书不是为了出版，而是为了让更多的年轻人了解历史。

海伦根据自己1978年重访中国的所见所闻、所思所想，撰写了长篇报告文学《一个美国人在中国的经历》。安危把其中关于中国西北的几个章节翻译出来，于1980年由陕西人民出版社以《七十年代西行漫记》为书名正式出版发行。

通过与海伦·斯诺的多次接触和深入了解，安危认为，虽然埃德加·斯诺一直被认为是中美关系的风云人物、中美人民友谊的象征，但是其实海伦·斯诺也功不可没。事实上，使埃德加·斯诺成功、誉满全球的重大事件，其主意多出自海伦，而且许多事情是他们一起完成的，为什么只字不提海伦·斯诺，而把一切功劳归于埃德加·斯诺一人？这显然不符合历史事实，对海伦个人也是不公平的。安危决心尽己所能，为海伦·斯诺讨回公道，为她追回她应该得到的荣誉和认可。然而，由于诸多方面的原因，想在学术界为海伦说句同情和赞扬的话，在1987年以前都是忌讳的。在1985年呼和浩特召开的斯诺研讨会期间，安危没敢提供有关海伦的论文，只是翻译、散发了埃德加和海伦1937年夏天的20多封信，就遭到有些同行的非议和激烈批评。但1982年9月在美国的麦迪逊与海伦相见，安危的灵魂受到极大震撼。他什么也说不出，久久控制着他的，只有感动、同情和敬仰。

安危说："海伦的思想和品德，正是我们所缺少的。我要尽最大的努力，多做些她期望做而她本人又无法去做的事情。"

他下决心要把海伦的著作翻译出版，让世界了解她；他要深入研究她的生平，传播她对人类进步事业做出的杰出贡献，传播她的品德和思想。

1982年后，安危在海伦·斯诺生平和著作的研究、翻译方面，目标更加明确，意志更加坚定。他决心把研究海伦·斯诺作为自己毕生的事业。

1985年9月至1986年9月，他有机会去康涅狄格州哈特福德的特尔尼蒂大学讲学，几乎每个周末都去麦迪逊小镇海伦·斯诺的住处，帮助她整理手稿、资料，感受她的为人处世，了解她的思想、品德，甚至包括她说话的语气和她说话时的动作、生活中的爱好等。

在这一年间，安危和海伦进行过多次长时间的谈话，凡是重要的内容，他都录音，共录制了20多盘磁带，拍摄了近百张幻灯片、上百张照片。

在陕西省外办工作期间，口译是安危先生的本职工作，他利用业余时间翻译、出版了海伦·斯诺的5本书，即《七十年代西行漫记》《我在中国的岁月》《延安采访录》《毛泽东的故乡》《中国为民主奠基》等。

从1986年10月安危回国到1991年陕西斯诺研究中心成立，海伦·斯诺从"未被颂扬的伟大女性"成为第一个"理解与友谊"国际文学奖的获得者，她的名字再次被中国人民传颂。

1986年12月，借纪念西安事变50周年之机，安危策划组织了中国第一次海伦·斯诺学术报告会,并发表了他的论文《预报西安事变的女记者》,首次披露了1936年10月3日海伦在西安对张学良将军独家采访的细节,阐述了海伦提前两个月预告事变的真正原因,引起史学界极大的兴趣。

1987年3月,在上海"斯诺国际研讨会"上,安危在他的论文《工合之初》中,首次披露了许多鲜为人知的历史事实,提出了一个与众不同的观点:"海伦是工合思想的创立者,是中国工合运动的奠基人之一。"这个观点首次被学术界所接受,包括当时与会的路易·艾黎、洛易斯·惠勒、格雷·戴蒙德、黄华等权威人士。

为纪念海伦·斯诺历史性的"延安之行"50周年,庆祝海伦80岁生日,安危于1987年夏季精心策划组织了一系列学术活动,其中最引起媒体关注的是在西安八路军办事处纪念馆举办的"海伦·斯诺在中国"图片实物展览,当时的全国政协主席邓颖超、副主席康克清,全国人大常委会副委员长黄华都为展览发来贺电。这次活动,通过多家媒体报道,在国内掀起了第一次"海伦热"。

1986年6月,安危在北京大学举行的"斯诺国际研讨会"上,首次提出"海伦·斯诺有她自己的历史"的论断。《长征》作者、美国著名记者和作家哈里森·索尔兹伯里先生走上前去,与安危紧紧握手,赞同并支持他对海伦·斯诺的评价。

1987年5月，安危翻译了在海伦·斯诺处发现的1935年5月《鲁迅和斯诺谈话纪要》和《斯诺采访鲁迅的问题单》，并撰写了长篇文章《斯诺采访鲁迅的前前后后》，这3篇文章在北京发表之后，在国内外文学界产生了强烈反响，人们不仅首次获知鲁迅对新文学运动、左翼作家和作品的评价，而且第一次了解到海伦·斯诺为把中国新文学运动介绍到西方世界所做出的独特贡献，最终促成了海伦荣获中国政府颁发的第一个"理解与友谊"国际文学奖。

在安危多年的积极努力下，1989年5月，埃德加·斯诺的故乡，美国密苏里州堪萨斯城与西安市缔结为友好城市。

1991年12月25日是斯诺夫妇的结婚纪念日，以安危为主席的陕西斯诺研究中心在被斯诺夫妇称为"斯诺之乡"的西安成立。

1997年1月11日，海伦在美国逝世，安危作为中国民间唯一的代表和海伦生前挚友，应邀赴美参加葬礼，并发表了概括她历史贡献的讲话。

海伦走了，但是安危研究和传播斯诺夫妇的历史贡献、推进中美友好往来的事业没有停。他依然忙于举办研讨会和论坛，开办友谊学校，建设文献资料图书馆，组织研学访问，开展各种公益活动，延伸和加强中美人民之间的友谊。

2019年10月，美国对华友好协会再次邀请安危赴美参加

"中美建交40周年暨西安与堪萨斯结为友好城市30周年纪念庆典"活动。

满头华发的安危走起路来很轻松,可是他的内心一点儿也轻松不起来。他知道自己年龄大了,又身体有恙,来不了美国几次了,但他希望通过带领大家参加这种活动,把中美人民友好的接力棒,传递给更多有志的年轻人。

说到自己的贡献,安危先生谦逊地说,自己本来是陕西西部农民的孩子,后来有幸考上大学,有了一个铁饭碗,但自己不能满足于此。作为一名长期在政府机关工作的人员,他一直利用业余时间,以译介埃德加和海伦生平及其著作为主线,研究战时中美关系史。自20世纪90年代初,他致力于跨文化研究和中外交流工作,在不同民族和不同文化之间建立友谊和理解的桥梁。

"其实我就是个架桥工人,这才是真正的我。"他笑呵呵地说。

他架的桥,是中美人民世代友好和平交往的彩虹桥。

西北大学外国语学院院长、陕西斯诺研究中心主任胡宗锋教授评价安危先生的贡献时说,作为当今全世界最具有竞争力的两个大国,中美之间需要积极地相互理解和沟通。尤其是两国人民之间的互通是不可或缺的。从安危先生的研究中,可以见识到一位真正的学者应该做些什么。

旧闻记者——钱钢

（一）

2006年9月我去香港访问，应钱钢先生邀请到香港大学参观时，他赠送给我一本由中华书局出版的他的新作——《旧闻记者》。

虽然快速翻了翻目录和内容提要，可当时对书名还是有些不解。

从曾任《解放军报》记者到作为常务副主编主持《南方周末》笔政，从创办《三联生活周刊》到在央视《新闻调查》栏目担任策划，以及目前作为香港大学新闻及传媒研究中心带博士生的访问学者，报告文学作家钱钢先生一直是中国新闻界的领军人物之一，并且一直奋战在新闻战线的最前沿，他怎么突然成了"旧闻记者"呢？

之所以说他一直奋战在新闻战线的最前沿，是因为我很少见到有同行会对新闻执着到像钱钢先生这样的地步。比如他关注唐山大地震，一关注就是20年。去年唐山大地震纪念日前夕，钱钢先生就专程回访唐山。纪念活动期间，因赴美讲学，他没能参加国内的纪念活动。

我到香港大学与他会面，他首先询问的，就是我所供职的报社去年在纪念唐山大地震方面的报道情况。当他听说我们这边做得颇有声势后，显得很是兴奋，急忙了解详细情况，并在当晚夜半给我打电话，说是通过网络看到了我们报纸的电子版，认为做得不错。

他告诉我，他要将全国各地的有关报道收集起来，给大学生们开设专题讲座。他的那种兴奋和激动，我从其言语中听得出来。

对于钱钢先生来说，他采写的不仅仅是一篇篇稿件，他给学生举办的也不仅仅是一个个讲座。

无论是当年创作报告文学《唐山大地震》，还是后来写作《大清海军与李鸿章》，或者与胡劲草（时任央视《新闻调查》制片人）合著《大清留美幼童记》，与耿庆国合作主编《二十世纪中国重灾百录》等，都可以看出钱钢先生不是那种哗众取宠或者为了养家糊口拼命挣分型的码字工，他的每一个

第三章 他 们

文字，都融入了自己的激情和理性思考，希望自己的报道在关注民瘼的同时，对政府和民众有更多的启蒙作用，能够为民族的振兴富强、促进国家的民主法治建设带来积极的探索意义。

他在《旧闻记者》自序里的一段文字，解开了我心头的疙瘩。其中写道："我是中国报人，一如台湾资深传媒人王健壮的自况，我也是个'悔也不改其志'的旧式作风的报人。旧，是说我直到今日，还对中国历史上的'文人论政'和'书生办报'心向往之，还咬定传媒是不可亵玩之物。在历史面前，传媒人无法掩饰自己的人格。前辈们逐日留下了他们的白纸黑字；对后人，我们也一样。"

正是出于这样的考虑，这位被称为"非典型传媒人"的新闻记者，在香港大学新闻及传媒学院院长、新闻及传媒中心总监陈婉莹教授的支持下，开始了自己的一项"非典型性创举"。这个独具个性的创举就是，在2005年，每周同步阅读60年前（1945年）的旧报，并随时写下他的"非典型札记"。

对于这项创举，钱钢先生尤为得意。他说，不用说今天的人很少有这样的机会，就是在当年，也几乎不会有人可以同时读到国民党、共产党、日本占领者和汉奸所办的各类报纸。

当然，这项创举也很艰苦。在香港大学图书馆的特藏部干冷的房间里，阅读数以万计的微缩胶卷，不仅仅需要他穿上厚厚的毛衣、围上围巾，更需要一种宁静的心态和定力。

在阅读旧报、记录札记的同时，钱钢在《南方周末》和香港《明报》开设了《旧闻记者》专栏，深受内地和香港读者欢迎。

专栏的开篇语写道："这种阅读，是看新闻史著作所无法替代的。那些泛黄的纸页上，沉睡着多少历史细节，尘封着多少故事，还有多少彼情彼境下真实的生活感觉。""六十年前此时，残酷的大战已近尾声，风雨如晦，鸡鸣不已，中国正站在走向民主自由还是独裁专制的十字路口，从这一时间往前走，一出出大戏将轮番上演……"

这本《旧闻记者》的内容，就是《旧闻记者》专栏文章的第一个结集。其中收录了50篇短文，并附有旧报原件，可谓生动有味。

我看到的一篇题目叫作《主席要你们博采舆论》的文章中，钱钢先生叙述了60年前的1945年初，蒋介石提出"虚心博采舆论以资攻错"，而《大公报》则像久旱中盼来甘霖，立刻发表《博采舆论的新作风》的社评，盛赞"蒋主席的致辞，开明踏实"，是"新生之年"的"新作风，新象征"。

在对蒋介石"博采舆论"讲话中玄机的解读和对《大公报》社评的剖析之后，钱钢先生在自己的文章中客观地点评说："时过境迁，对当年的统治者骂一声'骗子'，或对当年的书生叹一声'迂腐'，都有违历史的真实。"

他在文章结尾写道，仿佛要给《大公报》的一厢情愿泼点儿凉水，就在蒋介石发表谈话当日，中共主办的《新华日报》三版登载的翦伯赞的文章《展望一九四五年》，被国民党的检查官删去4行，那一段成了这番模样："一九四五年带给我们的，是民主的福音。因此在一九四五年，中国人民最基本的历史任务，是要把中国变成民主的中国。要把中国变成民主的中国……才能动员人民，组织人民。"

《旧闻记者》这本书里的50多篇短文，都是通过对历史的回顾和点评，从旧文中帮助读者发现许多我们新闻记者无从知晓的东西，当然也包括政府官员，或者其他社会各界人士。

而这些东西，有助于我们知史明鉴！

（二）

钱钢先生是中国新闻界的领军人物，可他看上去却再普通不过。只有当你与他接触一段时间之后，才会发现他原来是这么一个具有高尚的人格魅力的可敬又可爱的人。

钱钢先生的学识自不必多说了。

他对待别人绝对没有所谓的"大腕"的那种高高在上，而总是表现出谦恭有礼。最典型的表现就是，如果你跟随一群人与他出外游玩，他会随手带着一个大塑料袋。有人曾不解地问他带那东西干吗,他回答说大家玩热了他可以用袋子帮大家装衣服。

这几年,我几乎每年都要和他在一些研讨会上遇到一两次。而他作为特邀嘉宾,既要做研讨会的专题主持人,又要进行代表发言后的总结点评。在会议休息期间,他总是很热情地为大家做一些端茶倒水搬凳子之类琐碎的服务工作,好像他不是受邀而来的嘉宾,而是主办方很普通的工作人员。

许多新朋老友在茶歇期间畅谈叙旧时,他时常会举起胸前挎着的照相机,说一声"我给你们照一张相",然后会认真地拍照,并且在会后发给你。

钱钢先生对待别人的细致入微,总如春风拂面,让人感觉心里暖烘烘的。

9月我去香港期间,他带着我在香港大学和附近的街巷参观,颇有兴致地介绍当地的自然风貌、文化历史和新鲜事。

就在临别时,他竟然递给我一把乘坐大巴车的硬币,说怕我没准备。然后讲解坐大巴车和叮当车的区别,介绍哪种车是需要上车后先投币的,哪种车是下车时才投币的,从港大到我下榻的酒店那一站需要多少钱,坐哪趟车沿途可以看到什么景观,坐到哪一站下车离酒店最近,等等。我上车了他还不忘叮咛一句:"到酒店了给个电话。"

这些看起来都是小事,可我常常想,与他自己写的文章或主持的报纸，以及做的电视节目的钢枪利剑相比，钱钢先生待人的这种温和细致，绝不是一种短暂的心血来潮，而是一种很自然的长期的惯性积累。这种人格魅力，不仅仅让他本人成为众多人心目中的偶像，而且也时时处处影响着与他有过接触的人。

能够认识你，真好

8月20日，一个普普通通的日子。但对于西安的一些青年文学爱好者来说，有几句诗能表达他们的心情："有一天／我们真的相遇了，万千欣喜／竟什么也说不出／只用微笑说了一句／能够认识你，真好。"在这天，他们朝思暮想的偶像、青年诗人汪国真就要和大家见面，为西安读者及文学爱好者签名题诗，与大家当面交流。

当汪国真来到端履门居里书屋时，人们一下子围上去，簇拥着他进入书店。此时，书店沸腾了！人们将刚买来的诗集、自己的笔记本或汪国真的照片一个个举过头顶，往前挤着。

女店员刘勃近水楼台，她见人们把汪国真挤过来，顺手拿起自己的一本书来了个见缝插针，递给汪让其签名后，满意地说："能够认识你，真好。"

第三章 他们

要求签名的人排成队，一条长龙便从居里书屋的最里边伸出门上了街道。

碑林税务局的任峰递给汪国真5本《汪国真独白》，说是别人让他代签；西安八四四厂人事处46岁的段皓挤进来可真不容易，他手里攥着一张刊有汪诗作的报纸，让汪国真签了名；石油学院一名大学生一手扶着眼镜，一手递过自己拍摄的风景照让汪签名。

汪国真要给一青年签名，钢笔没水了，一名店员赶紧把自己的笔递过来，另一名店员却跑出去找了几家商店，买来一瓶碳素墨水。又有几名青年抬来了一台电风扇调至最高转速，然而排队的读者一个个还是汗流满面。

西安日化厂女工黄珊珊看排队没用，干脆走出来靠在书架上看汪国真的诗集，她说自己也喜欢写些爱情诗，她特别喜欢汪国真《那个女孩喜欢海》这首诗，希望汪能给她题写。八十三中补习班小毛等几名同学说自己是逃课来这里的。汪国真笑问："逃课来不好吧？"小毛高兴地回答："今天我们老师同意逃课。"汪国真为一名中学生写上了一句"祝你考上大学"。

10时50分，一名中年妇女抱着一个小女孩挤进来，她叫路雪，是西飞公司工人，她和3岁的女儿何姗都很喜欢汪国真的诗。她说汪国真的诗既有细腻的感情色彩，又有深刻的人生哲理，读来明白晓畅，思之余味无穷。她每天都为女儿读汪国真的诗。有天早上，小何姗醒来竟说要给汪叔叔写信。路雪今天抱着小孩乘坐两小时车从阎良赶来。汪国真为小何姗题写了"永远快乐，永远健康"，为路雪题写了"没有比人更高的山，没有比脚更长的路"。

11时10分，读者开始与诗人对话，向汪提出各种问题。有人问："面对这么多崇拜者，你有什么想法？"

汪国真回答："读者的期望是我最大的动力，我要为大家写出更好的作品。"一名自称买全了汪国真所有已经出版的诗集的大学生，感到透过作品，认为汪国真挺相信命运。汪笑答："我写过'相信上帝不如相信自己'。"

一名女青年说："听说您要写歌词，不知有什么打算？"

汪答："歌词和诗歌联系很紧，我想在写好诗的基础上创作出一些歌词，为大陆歌曲尽一份力，目前海南音像出版社准备出版我作词的歌曲了。"

一名读者认为汪国真的歌词港台味较重。对此，汪国真说，港台有些歌曲之所以受人喜爱，主要是它们能够贴近人的心灵，"我写歌词并不是模仿人家，而要有大陆味，创出自己歌词的大陆风格"。

一名青年让汪国真谈谈自己对西安的印象并为西安人说几句话，汪国真略为思考后讲道："西安对我帮助很大。《当代青年》杂志过去帮过我,现在《女友》杂志又以我的名字开辟了一个专栏,这次《女友》和《文友》杂志邀我来参加笔会,给了我一个与大家见面的机会,所以我感谢西安对我的帮助,感谢西安读者对我作品的厚爱。我也要对大家说一句'能够认识你,真好!'"

行吟黄土地

早在中学时代,我就将自己阅读新闻的注意力,自觉不自觉地投向了他——《中国青年报》陕西记者站站长、主任记者张文彦。

记者,是他追求的无怨无悔的职业

也许是血脉里涌动着那漫漫黄土和西部文化的滋养,这位农民的儿子,年轻时代就是个多才多艺的人。当演员、当教师、当放映员、当播音员、当美工、当创作员、当新闻干事。用朋友的话说,是"种糜子成糜子,种谷子成谷子"。

1978年,"文革"中停刊的《中国青年报》复刊,在全国搜罗人才,张文彦这个4年时间发表了600多篇新闻作品的"通讯员"被相中了。

当记者,对于自学成才的张文彦来说,并非阴差阳错,而是梦寐以求的理想和人生追求。当问他为什么要选记者这个职业时,他回答说:"因为这是一个和人民群众、和我们这个时代贴得最紧的职业。今天的新闻,就是明天的历史。用我自己手中的笔,记录下我们这个时代每一瞬息的变化,记录下人民群众在这个变化中的喜怒哀乐,是十分光荣而神圣的事情。即使有一天,我为这个事业熬尽了最后一滴心血,那也是无怨无悔的。"

一批反映时代气息的独家新闻是怎样产生的?

张文彦是一位富有创造性的记者。他的新闻敏感、工作责任心和政治上的老练,使他在报道陕西地区许多重大题材中,采写出了一批反映时代气息的独家新闻。

记得在陕西省农村改革的典型——礼泉县袁家大队尚处于社会舆论浪头,发家致富仍然是一个令人心悸的口号的时候,是张文彦旗帜鲜明地把这个典型以六七千字的篇幅,配上照片和自写的评论,写上了当时有280多万份发行量的《中国青年报》,并理直气壮地喊出"让社员腰包鼓起来""把乡村建设得让城里人眼红""让社员个个富得流油"等口号,较早地宣传了让一部分人、一部分地区先富起来的主张，这在当时是极需要胆量的。

农村家庭联产承包责任制推行初期，作为陕西第一个实行家庭联产承包责任制的村庄——米脂县孟家坪，还处在极左思潮包围之中，村干部们时不时还被当作"资本主义复辟"典型遭到批判。张文彦听到消息，只身赶赴陕北，住进这个队里做调查，为孟家坪人叫好。他很快在《中国青年报》上发表了"鼓吹"家庭联产承包责任制的新闻稿，给极左思潮击一猛掌，为农村改革的到来推波助澜。这在当时读来，不由得让人一阵阵眼热心跳。此后不久，汹涌而来的农村改革实践，证明他的判断是完全正确的。

张文彦有极强的驾驭重大新闻题材的能力，如写革命根据地改革开放的《圣地欲圆龙首梦》、反映中国科技大扶贫的《第二次挺进》、反映改革开放大潮冲击西部状态的《改革潮涌西部门》等，从新闻角度讲，事件都谈不上新鲜，但由于他用极巧妙的切入方式开掘出一个新的认知角度，读来依然感到他是在讲述一个个你从来没有听过的新鲜故事，而这些故事又引发读者不由自主地产生新的思考：为什么曾经舞起过中国革命龙首的革命圣地，新中国成立后却无一例外地沦为中国最贫困的角落？老区的政治优势为什么没能变为使老区走向富足的经济优势？革命圣地有没有舞起中国经济龙首的希望？《圣地欲圆龙首梦》是以延安为透视点,但提出的问题却是每一个当年的革命老根据地都面临着的实际问题,任谁读来都有一种沉重感、责任感。

让新闻作品产生阅读心理上的文学效应

作家李沙铃评价张文彦的新闻作品说:"眼前的文化行情似乎告诉人们,文学进了'冷库'。张文彦却不嫌其冷,竟自告奋勇要做'冷库'的'冷兵'……文彦在作品中,写人不离大背景,写事不离大环境。一个心眼逮住社会的、心理的、意识的、情趣的、家庭的、习俗的链条,做深层钻探,展示时代的风云,人间的哀欢。使人读了兴兴然放不下手。"因为张文彦在新闻写作上追求阅读心理上的一种文学效应,许多新闻篇章都洋溢着散文笔法那种意境美、语言美。他服务的报纸是面向全国的,而大量的采访活动却局限在陕西这块黄土地,但由于他很善于从地域文化的深厚积淀中为读者提供一个认知层面,所以我们有时候觉得他的新闻在传递某种信息的同时,也有民俗价值和社会文化价值。

一条八仙宫实业公司开业的信息,西安地区各新闻单位几乎是千篇一律地草率地做了程式化的处理,给读者仅仅留下"又有一家公司开业"的可有可无的印象。他却巧妙地浓缩了这个神秘之地数千年的历史背景，特别是用幽默诙谐的语言道出慈禧和八仙宫的关系，把昔日不与尘染的清静之地，同今天街市喧嚷、住持登上实业公司董事长位子做比较，这就在不足千字的篇幅中，把商品经济大潮冲击下寺庙道观的变化写得淋漓尽致了。稿件最后确定的题目是《神仙下海》，可谓语出惊人。一则司空见惯的"开业信息"，被他挖掘成了一条极能刺激大家阅读兴趣的新闻。

会议新闻被许多新闻同行视为"最容易也最难"写的新闻。说容易，是因为只需按会议议程加头添尾地抄写一遍便可交差；说难，是因为会议新闻很难出"新"。

有一年，我们在西安地区的报纸上读到一则共青团系统开会的消息，几家报纸几乎都是"官样文章"，连记者使用的语言都是标准化的行政公文式的。但张文彦的报道只提到这个会议的名字，写的却是省委领导在正式报告前的一段话："省委书记吁请人们理解：逢会必讲话已成为领导干部一大负担。"他的这条新闻被《人民日报》《科技日报》《文摘报》等10多家报纸原题转载。

写青年集体婚礼活动的报道不少见，但张文彦的《华清池畔的大红"囍"字》却别有情趣。800字的篇幅，写了极生动的6个画面：违背公婆意愿打老远赶来参加集体婚礼的农村女子、做主婚人的市委书记、兴致勃勃的外国人、一对从新疆赶来准备花大钱的新郎新娘、几名从乡下赶来看热闹的"老嫂子"、1元钱一份餐的婚宴。文字不多，但每一组人物都是活灵活现，仿佛一场多幕剧，无论哪一个年龄层的读者读来都会产生兴趣。

读近两年张文彦的一些新闻作品，无论从主题开掘还是语言使用上，都更显成熟、深刻、厚重，且新闻性更强。一组西安文化系列（《西安狗市》《西安夜市》《西安地摊戏》《西安小吃》《西安画市》《西安人的穿戴》《西安人的闲情》等）、一组《渭北隆冬的风景》系列（共8篇），一组《世风杂谈》系列（共50篇）等，都能看到他新的思考和在写作上的不断探求。《渭北隆冬的风景》，除了其深刻的主题，把渭北人眼下的生存状态真实地还原外，其语言的幽默、诙谐、风趣，有时使我们怀疑这是不是那个一脸严肃的人写出来的。最近读到他的《蛙井闲言》中的一些篇章，其语言上的这种风格更为突出，他所感言的现象是人人痛恨的，但读他的文章却觉得好笑，可又笑不出，或笑过之后一阵苦涩。不得不说，这是一种挖掘人心的功力。

他名片上印着"一个没有学会说假话的中国人"

20多年记者生涯，张文彦已有2600多篇作品见诸省级以上报刊，接受过他采访的人已数千，在群众中留下了好口碑。包括他曾发表的180多篇批评稿中点到的被批评对象，可以记恨他锋利的笔，但不能不被他的人格所折服。

他的名片很特别，"张文彦"名字下面印着"一个没有学会说假话的中国人"。

1990年隆冬，他赴山西采访，行前报社有关人员告诉他，可事先到山西团省委联系，取得他们的帮助，山西团省委也有派人陪同采访的准备。他不想给山西团省委添麻烦，只身一人背了一个大行李包，从陕西韩城跳过"龙门"，进入山西河津县，然后行经7县，直到元旦前一天夜里才赶到太原市。在农村采访，他一不要陪同，二不带向导，一到村里，便同村民打个火热。有个团县委的青年干部见他自背行李，无小车接送，穿着不时髦，无人陪同，又不像上边下来的许多干部那样提前打个招呼，吃住也没有特殊要求，于是怀疑他是个假记者，还给省里通电话查询。因为他提前没有给省里打招呼，省上回答"不知此事"，致使他差点儿做了公安局的"客人"。直到他采访结束，留给青年干部和公安局的印象是"他像个真正的共产党干部"，于是又争着要跟他照相留念。

有一年夏天，他只身赶赴商洛某县采访一个因揭发一起经济犯罪活动而遭受打击报复的典型，因为此案同当时的县委县政府个别领导人有关，犯罪分子还没有得到惩治，县上对他的

第三章 他们

采访活动采取极不合作的态度。他不顾受到犯罪分子亲属的威胁，自备干粮，步行60余公里山路，坚持到事件发生地找当事人面谈，连夜突击采访，广泛接触群众，核准事实，以极快的速度写出长篇通讯《压不弯的脊梁》。当他把稿件送省纪检委一位书记审阅时，自己却在书记的沙发上睡着了。这位书记看完稿子大为赞扬，看他疲惫不堪的样子，还找了辆小车把他送回家。

这篇稿子很快在《中国青年报》头版头条大篇幅配照片配社论刊发出来，那位审稿的书记还打来电话说："十分感谢你为这个案子的最后解决，做了一件很了不起的工作，你得多休息几天，把体力恢复过来。"其实，在那位书记打电话之前，张文彦正忙于第二天赶赴陕北采访的准备工作呢。

张文彦采写了许多反映陕西先进典型的报道，同时以负责任的态度，冒着风险，写了不少研究问题的批评稿和内部情况反映。记得有一起打击报复事件，为了伸张正义，他先后60多次找有关领导、找政法部门，直到问题得到圆满解决，受屈的一方感动得要给他下跪。

近几年"有偿新闻"风盛，他却洁身自好。他的原则很明确：有新闻价值，不请自到；没有新闻价值，给金条也不写。一次同他谈到"有偿新闻"话题，他竟愤然地说："新闻是最讲良心的神圣事业，不想吃苦，不想当穷人，不想吃亏，何必当记者？现在社会为人才施展才能提供了很多机会，你可以去发财，去享乐，去寻找机会沾光，但你又何必'挂羊头卖狗肉'当黑心记者哩?！"

第三章 他 们

人书俱老情不老

戊戌春节将至,瑞雪装点山河。空军某部原政委、陕西省书法家协会会员周斌先生,收到了远在河南洛阳的老师——中国当代著名书法家、89岁高龄的邱零先生寄给他的一幅书法作品。上面写着"书画从来本相通,首在精神次在功;悟得腕底梅兰趣,笔下自然有清风"。作品笔力苍劲,结体灵动,气韵酣畅,法度森严,给人以力和韵的美感。而其背后老师对于学生的期望,更是意味深长。

面对这幅作品,回想起自己跟邱零老先生学书法的点点滴滴,周斌发自肺腑地说:"我跟随邱老先生学习书法,是人生的一大荣幸。邱老的书艺和人品,都是我终生学习的楷模。"

邱零老先生是中国书法家协会两届理事,中国书协刻字研究会原副会长,新疆书法家协会常务副主席兼秘书长、顾问。

他自幼喜爱书画，刻苦自修，师法二王，再后又取法于右任，致力于行草。他善于博采众美，融诸家之长，从而形成了自己飘逸洒脱、平和恬淡、清新劲健、气格高雅的书风，其作品多次参加国内外举办的大型书法、刻字展览，并被收入《毛泽东藏画集》《当代中国书法艺术大成》《中华人民共和国现代书法名作集》（日本版）等近百部书画集。他多次被聘为国内外书法大展的评委或顾问，其墨迹还为孙中山纪念堂、毛泽东纪念堂、周恩来纪念馆、中国革命军事博物馆等多处珍藏，被"黄河碑林""翰园碑林""泰山碑林""岳阳楼碑林"等大型碑林勒石刻碑。他的书法艺术在日本、东南亚、中国台湾、中国香港等国家和地区颇有影响。1999年至2000年，中国文联两度授予他"中国百杰书法家"荣誉称号。2009年，中国文联给他颁发了"从事新中国文艺工作60周年"荣誉证书和勋章。他被列入《中国当代书法家辞典》《中国摄影家大词典》《世界名人录》等近百部辞书。

就是这样一位在中国当代书坛颇有影响的书法家，却从不张扬，谦虚谨慎，严于律己、宽以待人，对书法精益求精，年近九十而临池不辍。在他的指导下，他的弟子周斌先生的书法创作日益长进，赢得了同道们普遍称赞。

周斌先生系中国摄影家协会会员、陕西省书法家协会会员。他出生在咸阳市武功县一个制作手工艺术品的家庭，自幼

第三章　他　们

受到父辈的艺术熏陶，刻苦临帖习字，后来参军入伍，拿起照相机，成为一名新闻摄影记者。他的摄影作品在国家级报纸杂志上连续发表，并多次获奖。就是在那样繁忙的工作中，他依然没有放弃书法练习。退休后，全身心投入到书法创作中来，书法成为他的精神追求。千锤百炼使他的字自成肌骨和面貌，作品风流典雅、优美感人，凸显出一种特别的风骨和气度。这其中自然融入了邱老先生的不少心血。邱老先生在对周斌的书法学习指导过程中，耐心说教，循循善诱，亲身示范，现场指导，言传身教，全力尽到老师的责任。

周斌先生回忆说，前段时间数九寒天，他和两位朋友去河南洛阳看望邱零先生，拿出自己近期写的书法作品，向邱老请教了自己在学习书法过程当中的一些困惑。邱老认真观看后告诉他：书法是书者生命的表现形式、书者的生命样态，是笔墨变幻的策源地。书法作品的精神，是书者精神、情趣的反映。书法的灵魂源于书者文化修养的支撑，你的内涵学识学养阅历经历，统统涵盖在你的字迹里，正所谓字如其人。经典的书法作品，都是与其人品修养、文化积淀融为一体的。

老先生贴近周斌耳边叮嘱说："书法艺术贵在精气神，没了精气神，你的字怎么写也仅仅是没有灵魂的笔画，而不能让人心情愉悦。书道就是人道，写书法就是写人生。所以，要把字写好，首先要学会做人；否则你到老也就是会写字而已。"

邱零先生引用曾国藩的一句名言，概括写好书法的要领："一勤天下无难事。"要多读帖，多看帖，多悟帖，多练帖，"不辞劳"，遵循"颜柳欧赵"，临古人碑帖，苦练基本功。他语重心长地对周斌说，学习书法，要有一颗灵慧的敏悟之心，文人妙悟不可或缺，书法之妙当以神会。

在谈及书法艺术的传承和创新时，他告诫周斌，书法是一种古老的传统艺术，一定要首先征服传统，继承大家名家的传统书艺、书风、书法、书度、书格、书品，在此基础之上才能谈到创新，只有站在巨人的肩上才能成为巨人。他反复强调，书法是一种文人创作的面对普通大众的艺术形式，切记艺术的表达一定要让人看得懂，书法作品既要能满足书法家自身的艺术表达，更要满足观众的欣赏需求。如果观者看都看不懂，作品还怎么能感染人，给大家以艺术的享受呢？一些人解构传统过度，追求与众不同、自创新体，这样的书法只能满足观众一时的好奇。有些表演性质的书法作品，以赚取眼球为目的，更是旁门左道，在艺术上没什么意义。

就是在这样的一种氛围下，周斌跟随邱老先生一点一滴地学习着书法创作。作为学生，周斌也非常关心老师的生活起居和身体状态，经常打电话发短信，询问老师的身体和生活状况。

岁月易老，学无止境；人生朝露，艺术千秋。对于老师的言传身教，周斌感慨万千："邱老先生的书法创作可谓人书俱老，桑榆色显。他对书法的执着，他在书法创作中的严谨，他为人处世的公正态度，他为了弘扬中国传统文化不懈追求和奉献的精神，都是我学习的榜样。我将终生以邱老先生为楷模，谨遵师道，秉承师风，弘扬师声。"

英雄父亲

周日下午我准备回城时,才病愈出院不久的父亲一遍遍叮咛我:"有空了就回来,爸今年不行了,你常回来我也就放心了。"

望着形容憔悴的父亲,我不禁一阵心酸,默默点头应答着。

一生憨厚老实的父亲,虽然没有惊天动地的事业,却是我为人处世的楷模。

在我的心中,父亲是一个没说过不行的顶天立地的英雄。

父亲一生节俭。他不抽烟、不喝酒,甚至连茶水也不喝。每当姐姐说给他买件衣服时,他总劝阻说庄稼汉穿那么好做啥,只要干净就行了。

我上中学时家中很穷,两个姐姐已经出嫁,两个哥哥也成

第三章 他 们

家另过，母亲又多病，父亲和母亲省吃俭用供我上学。

记得上初中二年级的一天下午放学后，一名同学兴冲冲地来找我说："学校黑板上今天表扬你爸了。"

我不信。父亲既不是老师，又不是校办工厂职工，学校咋能表扬他呢？

经过细问才知，父亲在上午拉架子车去公社卖猪的路上，捡到了一支红色的钢笔。他想肯定是学校老师或学生掉的。虽然他知道自己的儿子其实也没有一支像样的钢笔，可他竟拉着猪多走了两三里路，专门把钢笔送到了学校。

最令我佩服的就是父亲的坚强。父亲从16岁起就给别人扛长工，练就了他宁折不弯的品格。印象中父亲无论是在地里干农活还是在家中做杂务，他总要按照自己的意志坚持把事干完，否则连饭也不吃。

我到部队当兵时，父亲已过花甲之年，可满头白发的他还是一个人在庄稼地里劳碌奔忙，从没有给我捎过信让我回家帮他，尽管我们部队离家乡并不远。

如今父亲老了，一生的辛劳使他腰弯背驼。可在我心中，父亲的腰杆永远是挺拔的，他永远是顶天立地的英雄。

在我的心中，父亲就是一面倒不下去的旗帜。

雪　祭

当我忍不住悲痛而蹲在家中后院失声痛哭的时候，纷纷扬扬的大雪铺天盖地而来。

三年前腊月十三夜的那场雪，是那个冬天最大的一场雪。

母亲在那一晚走完了70年的人生之路，艰难地向我们作别。我想，苍天也在为一位善良慈祥的母亲的不幸辞世而伤悲。

母亲16岁时便从邻村嫁到了我们这个贫穷而苦难的家。里里外外的操劳使她年纪轻轻就患上了哮喘病。这个病折磨了她一生！

但是母亲给予我们5个兄弟姐妹的，却是更多的关爱和温暖。

记得村子西头曾经有一面陡坡，一个人推着自行车或拉辆

第三章 他 们

空架子车都十分吃力。从我上小学起,二哥就开始以贩卖水果、蔬菜谋生。他一般都是骑自行车去咸阳郊区拉一车水果蔬菜,卖完了晚上再拉一车回来,以备第二天一大早出去卖。二哥将一二百斤的水果蔬菜从30多公里外的咸阳骑车拉回来,早已累得喘不过气来,加上他又患有气管炎,所以每天深更半夜骑车到村西的陡坡下,早就精疲力竭了。父亲担任饲养员住在村子饲养室,二哥就只有喊正在炕上坐着咳嗽不止的母亲出去帮着推车。母亲从来不推辞,总是拖着病体出门,哪怕是寒风呼啸的冬夜。

车子推回家后,母子俩坐在屋内"哼哧哼哧"半天才能缓过气。

那时候,我常常为他们感到难过。

穷日子总是过得艰难而漫长。2分钱一撮韭菜,母亲也要分几顿吃。可从我上高一到参加高考,每到周末回家取馍时,母亲都要给我的袋子里装十几个鸡蛋,让我在学校用开水冲着喝。当时卖鸡蛋是家里重要的经济来源,母亲从舍不得自己吃一个鸡蛋,却为了我能长个好身体,而毫不吝惜每周提前准备好。

父母和大哥、二哥分家之后,地里的农活全靠两位老人干了。本来我高中毕业了能减轻父母的一些负担,可我却背着他们报名参了军。母亲虽然不太愿意,却也没有阻拦。后来听村里人说，在我离家之后母亲大哭了一场，就继续过着和原来一样艰难而平常的日子。

在我回家探亲的一天早上，我起床时，母亲已在打扫屋子。只见她站在小凳上，用抹布把钉在家门口右侧墙上的"革命军属"的牌子擦得干干净净，下来后再端详一番，见没有挂正，就又爬上小凳，一手扶着门框一手摆正牌子。

那时候我才知道，那块牌子不仅仅是母亲的骄傲，它更寄托着母亲对儿子的厚望。

"慈母手中线，游子身上衣。"母亲的一生对儿女们来说，除了给予还是给予，自己却从没期望过子女的回报。她唯一的愿望，就是儿女们能过上好日子。可当儿女们逐渐过上好日子了，她却一无所求地永远离开了我们。

母亲去世后，我在整理家中那个老立柜时，发现抽屉下面，平整地摆放着前些年部队寄给我家的一摞喜报……

如果说父亲传授我正直的品格，教会我以勤奋和努力来实现男人的梦想和事业，那么母亲则以自己的言行传给我善良的本性，教我学会哪怕是在最艰苦的岁月里，也尽可能地给予别人更多的关爱和温暖。

一棵挺拔的梧桐树

艳阳高照，麦浪翻滚。

关中平原金灿灿的麦田里，一群七八岁的男孩女孩，挥舞着银光闪闪的镰刀，像关中田间地头随处可见的麦客，有模有样一镰一镰地割着麦子，一群大人跟在孩子们后面，捡拾着落下来的麦穗儿。在孩子们中间，一位中年女性手拿扩音器，在给孩子和家长们讲解着什么。

这场景，不是湖南卫视的《爸爸去哪儿》的录制现场，而是西咸新区沣西新城高桥街办（原长安区高桥街办）南江渡村启稚农园里的一幕。

5年来，每一年的春夏秋冬，类似的场景，总是出现在这陕西第一家专门为少年儿童开办的以自然农耕和环保教育为主题的农园——启稚农园里。

手拿扩音器为孩子们讲解上课的，就是农园的主人、被誉为陕西农耕教育第一人的张惠贤女士。

今年48岁的张惠贤，这几年一直在从事家庭教育推广等工作。她看到现在的孩子分不清麦苗韭菜、环境污染日益严重、食品安全让人担忧等状况，就渴望做一些事情，推进改变这种状况。她拿出全部积蓄并四处借债，筹资100多万元，于2011年7月在南江渡村创办了启稚农园。

南江渡村周边，是高桥街办万亩无公害蔬菜基地和草莓种植基地，有着良好的农耕基础；同时这里地处长安县、户县（今鄠邑区）、咸阳交会处，经济发展一直比较落后，农民普遍以种粮种菜为生。这两点比较符合开展传统农耕教育和农耕体验的需要，所以张惠贤把农园的地址选在了这里。她希望通过开展自然教育及农耕体验，一方面让城里的孩子能够接触自然，了解农耕，真正理解"粒粒皆辛苦"的道理，唤醒孩子和家长们尊重爱护土地、珍惜自然环境的意识；另一方面还能把源源不断的人才招进来，从而带动当地的经济、文化和教育事业的发展。

从给自己取了一个别名"梧桐"这个事，就能看出张惠贤立志从事耕读教育的决心。可是真正要让城里的孩子到农田里种地，说起来容易做起来难。连当地一些农民听了都直摇头："现在许多正儿八经的农民都不种地了，指望城里的娃娃能种什么地？简直是开国际玩笑。"

张惠贤的许多亲朋好友也觉得她的想法太幼稚太单纯，还有朋友直接从网上下载了有关选择农业发展项目的N多危险的文章发给她，提醒她早点收心。

但是张惠贤有自己的志向，她下决心要成长为一株在自然农耕教育行业高大挺拔的梧桐树。

为了保护土地，张惠贤没有在农园租来的地里砌围墙，地面没有硬化，农园周围围的是篱笆和钢丝网。农园曾经搭建了一些活动板房，但多次被大风掀掉房顶，落到东侧庄稼地里，还丢了100多只鸡，她和工人只能待在雨地里。还有一次石棉瓦被风刮下，砸到一名学生家长的车上，幸好没有人员伤亡。当时保险公司不赔付，农园只好赔了5000元。

几年来，农园农作物及大棚设施、农具、鸡鸭鹅被盗现象也时有发生，有一晚就有五六十只鸡被黄鼠狼咬死，她看在眼里，疼在心上。还有个别村民对她的行为产生一些误会，想方设法阻挠农园生产工作的正常开展。

但是，认准方向的张惠贤还是顶着家人反对、资金紧张等种种压力，继续着自己的乡村实践。开始两年，农园进行土地有机管理及增加设施等，没有一分钱收入，加之其他两名股东因为赔钱退股，张惠贤顶着巨大的心理压力和经济压力，坚持宣传爱护土地的重要性，继续宣传环保理念，传播科学农耕知识。

5年多的时间，张惠贤躬耕于这片土地，洒下了不知多少汗水。为了搞好耕读自然教育，她先后到北京、南京、成都等地学习一些农场的经验。

在北京，她参加了首届家庭农场培训班。为了避免化肥农药对土地的侵害，她四处学习生态自然农耕方法、自然教育等知识。为了提高土地的利用率，她和工人尝试林间养殖、林菜套种、林粮间播等方式，这样既不影响绿色环保又无公害，还提高了农产品产量。

正所谓树木如树人，"与自然一起成长""让孩子在自然中快乐成长"，是张惠贤奉行的教育理念。自然农耕教育，不单纯是种地或者教书，而是需要将农耕历史文明、农业生产知识和技能，与所涉及的自然、数学、物理、历史、地理、国学知识，以及为人处世的品德教育结合起来讲解，让孩子们在农耕劳作中，学到更多的对自己成长有用的知识。

慢慢地，启稚农园吸引了西安、咸阳、渭南等地越来越多的市民带着孩子来参加农耕，体验劳动和自然教育。从一粒种子的播种、浇灌，农作物的除草、管理，到成熟、采收、打磨，孩子和家长们在这里流过不知多少的汗水，真正明白了"粒粒皆辛苦"的道理。他们也学会了珍惜粮食，理解农民的辛苦，明白了保护土地对我们每个人的意义。

第三章 他们

今年6月,有一位家长在体验掐蒜薹时说:"我现在理解为什么蒜薹会卖得那么贵了,孩子说以后不会浪费粮食了!"听到类似的话,张惠贤感到很欣慰。

7月12日,山西长治学院的杜洁、申世鹏等8名大学生,乘坐两天的火车、长途汽车之后,来到启稚农园,开始了为期10天的爱心支教活动。

2014年,农园园主张惠贤去北京参加中国人民大学乡村建设中心的培训时,结识了温铁军等关注三农问题的专家和来自全国各地的自然教育爱好者,所以从去年寒假开始,农园就免费为大学生志愿者提供食宿,开办爱心课堂,义务为农园周围乃至西安、咸阳和西咸新区的农村孩子开展支教活动。

经过她多次在农园附近的农村调研了解到,虽然农园所处的农村距离大城市不远,经济状况也可以,但学校还是缺美术、音乐等科目的专业教师。"好多老师都是一人身兼数职,教着英语课还教音乐课,教着数学课又教体育课。"张惠贤说。

张惠贤认为,农村的生活质量和收入水平在提高,但农村的教育质量并没有得到提升。村子里经济状况好的家庭都把孩子送到城里去了,留下的大都是父母外出打工、跟着爷爷奶奶生活的孩子。而爷爷奶奶又没有多少文化,无法在学习上辅导孩子。

张惠贤说，启稚乡村书院爱心课堂不是补习班，而是陪伴学生快乐成长的阵地，在这里，志愿者们通过开展国学、美术、音乐、手工等兴趣辅导课，陪伴孩子们度过一个愉快的假期，同时开拓孩子们的视野，培养孩子们良好的生活习惯。

"我们给孩子们教《弟子规》，就是要传承中华传统文化。"张惠贤说，她要把国学作为一门重点课程，让孩子在学习国学中，重拾传统文化。

2015年7月22日上午，启稚农园里传来欢声笑语。一出由农村小学生自编自导自演的情景剧《弟子规》，让台下观看的家长们忍俊不禁。在农园联合中国人民大学乡村建设中心开办的暑期爱心课堂首期班结业典礼上，这些农村留守儿童以自己的出色表演，肯定了农园自然体验培训师张惠贤和来自山西长治学院的8名大学生志愿者的努力和付出。

"我学到了知识，会背《弟子规》，会画画、唱歌，还认识了好多小伙伴。"今年6岁的王子墨9月份就要上小学一年级了，10天的时间里，他向启稚农园里的大哥哥大姐姐们学到了很多东西。

南江渡村村民康文利说，自己的孩子康富豪在这里学习后，拓展了视野，接触的事物更多了，更活泼了，待人接物上有了更多的自信。

在过去的10天里，除了美术、音乐、舞蹈、手工等课程外，大学生志愿者教会了孩子们诵读《弟子规》，还和孩子们一起编导了情景剧。六七名孩子分别扮演爷爷奶奶、爸爸妈妈、兄弟姐妹和同学等角色，针对日常生活中多种不文明现象，通过情景剧表演的形式表现出来，再通过《弟子规》里相应的文句进行解读阐释，纠正日常不好的言行和习惯。

"将《弟子规》用情景剧的形式表演出来，一方面是为增强孩子们对《弟子规》的理解；另一方面还想通过孩子们来教化父母，使得父母在日常生活中也能够更加谦逊礼让。"张惠贤解释说。

"孩子变化挺大的，乖了，更自信了，而且懂得感恩了。"王子墨的爸爸王银平说，自己在外给人开车，孩子妈妈在高陵上班，两个人工作都忙，没有太多时间陪孩子，挺愧疚的。他感谢农园张老师和大学生志愿者们为孩子所做的一切。

"我孙子假期没事干，就只能在家里看电视。"一位老太太说，孩子的父母在外务工，孩子假期在家长时间看电视，肯定对视力不好。

在活动仪式上，来自江渡小学四年级的刘钰小朋友开心地举着刚刚领到的奖状和奖品，脸上洋溢着幸福的微笑。"暑假来这里学习感到非常开心，老师们不仅教我们唱歌跳舞，还教我们折千纸鹤，还给我们教会了《弟子规》。以后要多多帮助奶奶干活。"刘钰说。

启稚农园在南江渡村落户5年,把越来越多的城里人吸引到南江渡村,在劳动力的利用、扩大南江渡以及高桥街办周边无公害蔬菜基地和草莓基地的影响、促进当地文化教育事业发展等方面,起到了积极的推动作用。

启稚农园的自然农耕体验活动,也得到了社会各界的肯定和好评,受到团省委、省妇联、省关工委等部门的关注和支持,《中国青年报》《陕西日报》、陕西电视台、《华商报》《三秦都市报》等媒体,也多次对农园活动进行报道。外地不少自然教育的同行看到报道,还专门到农园来参观学习。

张惠贤的努力,也得到了社会更多组织和机构的肯定。2014年10月,她被吸收为中国民主同盟会会员;今年5月,经过专业培训,她又成为国家林业局中国野生动物保护协会授予的"自然体验培训师"。

张惠贤说:"习近平总书记2013年7月在湖北省考察时说,农村绝不能成为荒芜的农村、留守的农村、记忆中的故园。同年12月,中央城镇化工作会议也提出让居民望得见山、看得见水、记得住乡愁。我就是想把启稚农园打造成一个简单、自然、纯朴的自然课堂和农耕实验基地,让孩子们在有趣有益的农耕体验活动中,体味和感受到粮食的来之不易,感受到珍惜土地、爱护环境的重要性。"

教育部提出要加强对青少年的劳动教育,张惠贤希望更多的有识之士能够关注这一话题，让城乡青少年都能够健康快乐地成长。

农园打麦场周围从朋友农村老家移植过来的那一株株梧桐，挺拔地把自己的绿色伸向天空，洁白的云朵飘浮在纯净的蓝天之上，形形色色的鸟儿在农园浓绿的庄稼和树木上空飞去又飞来。看着这一切，张惠贤摘下头顶的草帽，抹了一把满脸的汗水，开心地笑了……

小子"镇关西"

初生下来他就有诸葛亮"高眠卧不足"之势，总是昏昏欲睡，且睡时睁只眼闭只眼，想必是看破红尘，若是做官定是好官，若是为民当为良民。

白天睡觉，夜间情绪高涨，眼盯耳听嘴饮，手舞足蹈，特爱看墙上的巩俐巨幅彩照，倒也算伯乐识马！

喝奶时劲头十足并喷喷有声，很容易让人想起旧社会的饿汉。

虽然再有十八年才是二十男子，却早已扬名古城西安西关一带，其父戏曰"镇关西"。

打拳击剑唱歌跳舞无所不能，常常身佩双剑巡游，剑术令人刮目。更有优美舞姿让出入西关"影迷舞厅"的男男女女自叹弗如。

第三章 他 们

每当他在街边跳舞,总能令行者忘其行,坐者大睁双目。围观甚众,伸指点头。他倒是及时行乐,见好就收,走走停停,停停舞舞……

有人曰其父母必是舞场高手。非也!父母均与舞蹈无缘,更无暇光顾舞厅。父一天到晚骑破自行车,走街串巷采访写作;母在工厂上班,乘班车东奔西走天天忙碌。

小子为谁?

公元1992年8月25日问世时身高47厘米、体重3公斤、属相为猴、小名男男大名李诗鹏、接生员自叹这是她见到的最漂亮的一个小男子汉!

丫丫

丫丫。

两岁。

可别人问她时她总竖起两个指头,回答"两岁半"。更多的人在她一岁多的时候,就看她像是三四岁的孩子。有一次,一同事的爱人去儿童医院采访,在门口碰见了,问我:"女儿三岁了吧?"

另一同事更绝,他们两口子带着快四岁的女儿在环城西苑玩,碰到了丫丫。人家赶紧让自己的女儿叫"姐姐"。那时丫丫一岁半左右。

想着女儿如此老成,我不知道是该欣慰还是伤心,就像多年前表妹的同学将我和同行的表妹误认为父女俩一样。

爱美是人的天性,更是女人的天性。这一点体现在丫丫身

第三章 他们

上，可谓有过之而无不及。

她喜欢穿新衣服。如果穿了件新衬衣，就死活不穿外套了。即便穿上了也不愿拉拉链或者扣纽扣，非要把里面的新衬衣亮出来，唯恐别人看不见。

妈妈给她买了件新雨衣，她非要在有太阳的大热天也穿着上学。没办法，只好让她如愿，到了早教中心上课时才脱掉。

买回窄带子的那种新凉鞋后，她就坚持不穿带网眼的凉鞋了，还是4月初，就非要穿着新凉鞋上学去。

类似的例子不胜枚举。

最关键的是她很善于自我表扬，早上穿衣洗脸后，总要凑过来让人闻她香不香，我也总是做醉倒状，说声"太香了"，她才说声"爸爸再见"出门上学。每次下楼后，她还要不断地说着"丫丫衣服漂亮""丫丫鞋子漂亮"的话。

虽然才过了两岁两个月，但她已经是有一年学龄的学生了。逛公园时会指着远处一个小朋友，说"那是××，是我的同学"；有时还小大人似的跑过去和人家握握手。

她不仅认识自己的同学，还经常指着路上正走的一位男士或者女士，有时人家都已经走过去了，她还是要停下来回头指着人家说，那是×××同学的爸爸或者妈妈。有一次领她走在半路上，她突然停下来不走了，指着对面过来的一位女士，说那是×××的妈妈。那女士先是没发现，后来看见她了，惊诧地问："你是丫丫爸爸吧？她认出来我了。我是她班同学×××的妈妈。"

她自然也成了我们小区附近的名人，领她出去时，不分男女老幼，许多人都会喊她的名字，却很少与我打招呼，她也不含糊，总是"爷爷奶奶好、叔叔阿姨好"地叫着。

除了同学的爸爸妈妈，在半路上碰见了陌生人，丫丫也会根据对方的年龄，判断着叫人家。往往是人家都走过去了，被叫得回头说："这娃咋这么乖的呢！"

丫丫善模仿，经常学习大人的坐姿，于是就有了盘腿坐、手指架在下巴上做思考状等姿势。

在家里叫她大名李诗宜时，她会很干脆地答声"到"；叫"立正"，她马上挺胸抬头、双脚并拢脚尖对齐、十指合起来、胳膊垂直贴在裤缝处；叫了"稍息"，右脚向右前方跨出小半步；发出"敬礼""向后转""齐步走"之类的军令，她也能有板有眼地完成。我感觉她的姿势比新兵连时我的一些迷糊战友强多了。

因为住在城墙边，环城公园就成了她除早教中心和家之外的重要活动区域，只要出门就喊着要去城墙。

她可以说是环城公园健身苑的健将，滑溜溜板蹬跑步机做仰卧起坐打铁算盘吊高低杠无所不能，大人们用的什么健身器械她都要玩一玩，最为拿手的是单杠吊空——常常是一上手即

第三章 他 们

到最高的单杠处,双手一握双脚一跳,整个身子就吊在空中摇晃起来了,引得围观者常常啧啧称赞:"那碎娃咋这么能行的呢!"

一年多的学龄也的确让她学到了许多本领,比如数数、画画、背儿歌、唱歌,等等。别看她小小年纪,还有改歌词的本领。唱《世上只有妈妈好》时,只要我在场,她就唱道:"世上只有爸爸好,有爸的孩子像块宝;投进爸爸的怀抱,幸福享不了……"

她唱这首歌时,凡是歌曲里有"妈妈"的地方,她都会换成"爸爸",让我想起成人们经常玩的一种游戏——数到7或者7的倍数只能说"过"而不能说出这个数字,否则罚喝酒,丫丫如果玩这种游戏,应该是不会输的。

每每听到她唱这首歌时,我乐极、醉极。

当然,在她心里,还有比老爸更重要的东西。丫丫有两个口头禅——"我要爸爸"和"我要棒棒糖"。

不知何时何地何人给她吃过一次棒棒糖,于是这东西便成了她的最爱,就是在我也哄不乖她的时候,只要一说"棒棒糖",她的哭声便会戛然而止。想必她意识到了,甜蜜的东西应该是幸福的。

在丫丫身上,还体现出强烈的平等意识,常常是看到别的小朋友骑着车子或者有什么好玩具,并不要人家的东西,却对着我说"我没有……",言下之意就是人人生而平等,别人有的东西,她自己也应该有,根本不顾忌她老爸常常是囊中羞涩。

最让我感到不忍的是她看别的小朋友吃东西时那种可怜相,站在人家面前眼巴巴地看着,有时还咂巴着小嘴,让人看了心生怜悯。

除了平等意识,在她的言行中体现最明显的还是自主精神。她的吃饭穿衣睡觉,都是她自己完成,我们要帮助她时,她会一遍遍地强调着"丫丫自己穿""丫丫自己吃";就是上下楼梯,也常常摆脱大人的牵引,非要自己或扶扶手或不扶扶手地上下。

她还学会了一些不好的东西,比如耍赖。

有一次,一个小朋友向老师哭诉丫丫把他咬了,谁知她过来不但不承认,反而在自己的胳膊上咬了一口后,给老师说:"我也被咬了。"老师问谁咬的,她竟手指着那个小朋友。

好一个苦肉计!

最喜欢她的笑脸。每天早晨起床后,她都会露出一个甜甜的微笑。当然,现在她已经能说"早上好"了,就像每晚入睡前向大人问候的"晚安"一样。

今天六一,本应该送她礼物的,可她的衣物玩具已太多,便谨以此文和上午她演节目时给她拍的照片作为纪念。

第四章

世相

西安狗市

百十条狗吠声中,升起了太阳

浐河冻着。狗醒着。

6点多便开始吠日。待把那大大的火球从楼后边叫出,照在瘦瘦的河堤上,狗市便人狗熙攘了。

政府早有明令:城内不准养狗。但狗们却是取而不缔,杀而不绝,野火烧不尽,城内到处生。听说如今西安城里已有光光亮亮的公开狗市五六个,私人养狗约有万只。

就说这浐河狗市,作兴没几日,便红火得厉害。每日上市狗百十只总有。买狗的,卖狗的,想买不想买正犹豫的,加上不购票来观光闲逛的,显得人比狗多。

狗找朋友，人最"横"，就跟上了人

先前在乡下，扒土的老爷子说一故事：

狗找野猪交朋友。黑天，狗听见动静，狂吠，野猪吓得打战，劝狗说："别吠，让熊听见，咱们就没命了。"

于是狗明白，野猪原来胆小，不足以为友，还不如熊呢。遂去找熊。入夜，狗又吠起，熊缩作一团说："犬兄，别嚷嚷，让老虎听见，还不把咱俩都吃了。"

狗又明白，虎比熊胆大，便辞别熊兄，和老虎称兄道弟一番，钻进虎穴。

夜半，狗又吠起，虎吓得腰背酥软，说："犬弟，你好大胆！让猎人听见，那枪声一响，咱们就得和这个世界拜拜了。"

狗很懊丧，原来这"山中王"胆儿也不大，还不如去找猎人去。

狗找到猎人。是夜，狗又闻声吠起，猎人问何故，狗说："我听见外边有声响，像野猪，像熊，也像老虎，它们会把我们吃掉的！"猎人听罢大笑，说："它们谁有那个胆儿？看我不打死它！"此后，狗总跟着猎人。

目睹了猎人的子弹穿过野猪的脑袋、熊的胸膛、老虎的屁股，狗确认，人是世界上最勇敢的家伙。于是，狗和人成了最要好的朋友。

后来，听老先生的课，说"玩物丧志"，玩狗也属这一类。

再后来学划分阶级，知道了城里人玩狗是"资产阶级生活方式"。"你瞅瞅，电影里那怀里揣狗的可有咱工人阶级、贫下中农？"没有，不是贵夫人，就是"有闲者"。

如今经济好了，许多人的生活水准并不在当年那些"有闲者"之下，心里又没了被划到另一阶级去的余悸，于是这狗又开始向城里的人靠拢。像我等这模样，绝对想不到，养狗还能成为"大款"的标志。

10台国产彩电 = 一只狗

一日，我来逛狗市，才大长见识。那地上走的、怀里抱的、袖里藏的，全不是我想象中的狗。要不是有人指点，我断不会认为这些玩意儿也配叫狗。

我也充一次胆大的，大咧咧上去问狗主："这狗啥价？"

他先伸一食指，甩过手又用拇指和食指做八状，我明白，这是"18"。

"18？你是看还是买？"狗主问。

我撑着胆说："买！"

"买？对不起，再添仨零！"狗主人明显"人仗狗势"。我着实被吓了一跳："一万八？！"这数字太天文了吧，这就

159

等于如今街面上10台18英寸国产彩电，或10台国产电冰箱，或8部日本录像机，或5部直拨电话，或一个处长10年的薪水，或一个小学班主任38年的津贴，或2000篇以上新闻稿件的稿酬……

待后来一溜儿问过行情，才明白，一万八并不算"豪华"。一李姓工人师傅开导我说："这算个啥？你去瞧瞧，有的狗比主人住的还阔气，夏天每天洗澡，每餐不能没肉，头疼脑热，打一针外国药，就是30多块。"

你可别以为做狗生意的都是些糙爷们儿，女人也嗨着哪。一名金银首饰武装到牙齿的少妇透露，她已有5年的养狗历史。两只德国黑背跟在她后边，对两旁的同类怒目相视，似随时准备出击，咬一口它们的"对手"。少妇跟它们说了句什么，两个家伙当即低下头去，显得比丈夫还乖顺。

一名打扮并不入时的老妇人，抱着狗崽，像抱着自己的爱孙，招摇过市，嘴里不停说着四个字的广告："纯种，要不？"

你也别以为养狗都是"有闲者"，狗市上听来的说法是"忙才养狗"：

——上班忙，无人照家，不靠狗靠谁？

——发财忙，搞第二职业，咱没别的本事，养狗总可以吧？

"养狗能发？"

"怎么不能？那只纯种公德国黑背，为别个母狗配一次种，就收800元。我这两只，都是6个月的崽，明年春上开怀，头窝每只总有4只崽吧？'男女'拉平，一月出槽，5000块总有人给吧？一年生出两窝，就比上班强多了。"

听说那个穿金戴银的女人靠养狗攒下了三四万，有个退休老人，养狗5年，挣辆"夏利"。

伪劣狗

与狗市俱生的一些相关产业也悄悄地兴着。29元一册的《世界名犬》，比"名模"杂志印刷精美得多。一册在手，"包你尽览世界名犬风采"。10元一册的《养犬必读》，集各国饲养员的经验之谈。一些生了一长串孩子，却没有读过《育儿常识》的人，老了老了，却以无比崇拜的心情，诵读起这些"犬经"来，表现出比对子女更强的责任心来。

与养狗一起出世的还有专治狗病的"狗医生"，以及专门生产狗链、狗皮带、狗食品等配套物件的狗事业。

当然，一般商品交易中那些常见的现象在狗市上也很常见。一只卷毛狗，很引人注目，其毛色黑亮得耀眼，一身的卷毛似一朵朵黑色波浪，只是那腿、爪、脸面极普通。

一名常逛狗市的先生悄悄告诉我，这就是狗市上的伪劣假冒商品——这本是一只极普通的狗，冒充外国货，那一身黑是染发水染的，卷毛是烫出来的，还不是想卖个好价?!

我看他对狗挺内行的，就问："先生养几只狗?"他笑了笑说："狗一只也没养，狗市倒常来，你瞧，这狗市是狗的大展示，也是人情的大展卖，我准备以狗市为背景写部小说。"

"起好名字了吗?"

"正想哩。"

我赶忙祝福他。

第四章 世 相

京城报纸读卖族

今年,当我在北京逗留一段时间后,发现报纸在北京人的生活中占据着相当重要的位置,与北京人的生活密不可分。

在北京,地铁里看报纸已成为一种独特的风景,如果你乘坐地铁跟着遛几趟,就会发现一个车厢内总有近一半的乘客手里攥着张或大或小的报纸,翻过来倒过去地浏览。

你不得不对这些"读报族"刮目相看。无论车厢内人再多再拥挤,他们也能稳如泰山地两耳不闻窗外事,一心只读"圣贤报"。水平差点儿的一只手拉一个安全拉手;老练的干脆两腿一叉不需任何倚靠,就能站那儿聚精会神了。

对他们来说,也许需要考虑的仅仅是有一方立足之地便可。当然,大多数还是在座位上悠然自得地捧读。

如果看到这种情况,你完全不必像老师那样叫自己的学生注意阅读卫生——不能把报刊拿得太远或太近,不能在车辆运行过程中读书看报;你也不必像大人担心自己的孩子视力会急剧下降而戴上厚厚的镜片。

这些似乎都属于"杞人忧天"!

你只能以欣赏的心情来感受这独具特色的风景,甚至挡不住诱惑也成为他们中的一员。

我在乘坐一号线地铁赶往公主坟站时,随着人流拥入车厢,看到了一位60多岁的长者和一个十八九岁的女孩,从情形看是爷孙俩。当坐过一站他们有了座位时,长者从口袋里掏出一张《北京晚报》,熟练地从中缝一撕为二,然后递给女孩半张,两人各自看了起来。

向老者打问,他乐呵呵地一笑:"看报的习惯已有三四十年了。前些年挤公共汽车看;这些年改乘地铁,看报更方便了。"

其实不光在地铁上,就是在公共汽车上,在公园、广场、街边草坪上,时不时地都会看到捧读的身影。当然,这"读报族"中,也可能有一些是来京的外地人。

在八角村站,我和一名才下地铁正叠报纸的小伙儿闲聊得知,这名姓马的青工一周阅报量为5种30余张,每张按0.2元算,一个月24元,相当于一份周报的年度订报款数。他说一般人专订一种报纸的很少,这样就可根据需要自由选择。

第四章 世 相

正如小马所说,在北京不愁买不到好报刊。北京的书报摊的分布,使我想起了西安的小吃摊。虽然前者的密度没有后者大,可和在西安不愁找不到吃饭的地方一样,北京的报摊可真是星罗棋布于每一个大街小巷。十字路口、商场外、车站进出口、公共厕所门口……几乎是当你萌发想看报或是正处于适合你看报的地方,不远处总能看到花花绿绿的报刊在风中向你招展。

报纸文化是最能体现出平民性的,我想没有哪家报纸的老总只想自己的读者是寥寥无几的高官贵族,他们的眼睛瞅的是广泛的大众。从报摊的多少也能看出这一朴素的道理:买什么的多了,自然卖的也不会少,这就是经济规律。北京"读报族"与报摊的配合可谓是恰到好处。

当然,北京卖报人没有必要高扬着一叠报纸哼着什么"啦啦啦,啦啦啦,我是卖报的老行家",也不必像西安街头的小吃摊主们亮出高亢的嗓子唱出如雷贯耳的"葫芦头""羊肉泡"之类的秦腔。京城卖报人大多有固定的地方:像样儿的如同邮局报刊亭的小房或帐篷;凑合的只需推个三轮支起报刊架,再找个装冰箱的大纸箱把人塞进去抵挡风沙就行。

中央民族学院门口附近一个报摊的主人老杨对我说,自己退休5年来全干这营生了。虽说卖报赚不了大钱,可这不像做其他生意那样需要大本儿资金和冒风险,无论人们买什么不买什么，报纸总是稳定的，可以说是旱涝保收。再说看报人越来越多，所以一个月赚个二三百元钱不是大问题。

卖报人为读者送的是一个个五彩的世界，同时也是缤纷人生的延续。这其中除了一些离退休老人外，还有不少待业青年、停薪留职人员和在职职工，他们并不认为卖报是挣钱糊口，而认为是社会经济生活之必需。公主坟环形路东南角的一个报摊主打了个有趣的比方：如果没有了遍布北京城的大小报摊，京城人的生活就和前些年的报纸一样枯燥单调。

这位摊主的话并非没有道理。报刊品种和数量用"雨后春笋"来形容绝不过分。1993年全国报刊品种高达1750多种，扩版、改版，周末、月末等各种特刊，使报刊内容越来越精彩。作为中国报刊业发展窗口的北京报摊，同样反映了中国社会经济生活的变迁。随便溜达到哪家报摊，数一数，平摆的、竖挂的报纸最少也在二三十种。当然，这些种类也是报摊主人按照读者的喜好选购的。《北京青年报》《南方周末》《北京晚报》《现代人报》《购物指南》等报坛"大腕"是一定不能少的。

北京"读报族"也真有眼福，只要是他们喜欢看的报纸，几乎都能在报摊上买到。

报摊是一个窗口，读报人是一种风景。站在北京看这个窗口内的风景，是一种享受，让人感受到京城人多姿多彩的生活中浓郁的文化味。也许随着社会经济生活的发展和人们文化素质的提高，报纸将不再仅仅是人民群众业余休闲的一种调味品，而会成为须臾不可少的生活必需品。

征婚广告上路牌

时代变迁，征婚广告竟然在大街上抛头露面。上月底，我在中国现代民间绘画之乡陕西户县县城内，就看到了这种悬挂于大街的征婚广告牌。

这个写有150余条征婚广告的"婚讯牌"，竖立在户县县政府正对面临街的司法局法制宣传栏和水电局水土保持宣传栏中间，和这两个宣传栏相比，"婚讯牌"显得矮了许多，可是吸引的看客却不少。

牌子上用红、黄、蓝色纸条写的征婚启事，左右横排分成商品粮户口男女、农业粮户口男女两大板块，中间竖排的有愿到女家和求男到女家两项，使人一目了然。

循着"婚讯牌"上写的地址，我在杜家巷27号民房找到了竖牌人——婚介所的刘存海。他原是户县氮肥厂职工，退休后于1990年在杜家巷租了一间半房子，向民政局申请开办了这家私人婚介所，平时他在这儿负责登记，老伴儿和一个亲戚负责联络。有意征婚者，凭身份证和工作证等相关证件来登记，收费20元，然后依路程加收联络费，往返5公里收1元，通信联络一次收1元，对老年人、残疾人和现役军人实行半价。

由于收费合理，办事安全可靠，来这里登记的人不少，其中有机关干部、企业职工、农民、个体户、军人等。1992年以来，已有1328人登记，每年有五六十对男女由婚介所牵线搭桥而喜结良缘。

据老刘讲，随着婚介所知名度的提高，前来登记的除了本县人外，近至本省的铜川、商洛、宝鸡等地，远到安徽、四川、新疆等省区都有人慕名而至。

为了扩大影响，老刘又想出一招：在县城大街上竖块"婚讯牌"，凡愿意在街头"抛头露面"者均可上牌。征婚信息一般3个月换一次，要是谁有了"情况"，就换上另一个人。开始他还怕没人愿意上牌，没想到不少登记者热情蛮高，有人甚至专门掏钱，把自己的条件和要求写上去。虽然"婚讯牌"中间几经坎坷，可总算保存下来了。

正当我们翻着老刘取出的一摞外省来信时，门外进来一名40多岁的中年男子和两名妇女，与老刘谈开了"自己的事"。而大街上的"婚讯牌"前正拥着一群人，有的是看热闹，有的很可能在寻找自己满意的对象哩。

露天舞场

东方刚露出鱼肚白,就有人趁着徐徐晨风,踩着轻快的乐曲翩翩起舞;夜幕已笼罩了整座城市,仍有人在点点灯火中"一二一""左右左"地学舞步。这一切都是随随便便自自然然的,天当房子地当舞场。

广场上、公园内、城墙下、树林间,只要不妨碍交通,都成了西安人的用"舞"之地。在这座城市里,已有成千上万的中老年人成为露天舞场的常客,连一些小青年也成为其中的一员。

几年前,为了丰富老年人的生活,使他们身强体健、安度晚年,西安市老年体协在兴庆宫公园、南门、革命公园、体育场等10多处场所组织中老年人学习回春医疗保健操和老年迪斯科。

后来，一些老年人觉得跳迪斯科有些单调，还想多来些花样，就自带录音机，跳起了三步、四步和其他健康有益、适合老年人的交谊舞。不少单位也纷纷仿效，录制一些轻音乐和外国名曲播放。乐曲响起，"跳家"不招自来。和平门外一些舞场则是卖冷饮的个体户安排的。他们为了招徕顾客，往摊前拉几只彩灯，放台录音机，《地道战》《白毛女》等许多乐曲接连放着，散步的人们条件反射似的挤在摊旁的空地手舞足蹈。这样，一个简易的舞场就形成了，人们只管尽情地跳，个体户是不收入场券的，他们只需等待，等待跳得口渴的大人和玩得快乐的小孩买他们的饮料。

像这样或由单位组织，或由人们自发凑成的露天舞场，已成为大众文化娱乐活动的重要场所。据估算，全市有固定活动时间的露天舞场就有400个以上。

露天舞场之所以成为人们喜爱的活动场所，自有它本身的吸引力。

——方便，没有时间限制

跳舞的时间都是由参加者自己掌握的，从清早一直到深夜，只要有精力，随时都可以跳起来。一个星期天一大早，天下着雨，可新城广场等地依然有双双对对的舞者翩翩起舞，他们有的戴着草帽，有的披着雨衣，还有的两个人共撑一把伞。真可谓风雨无阻。

——自在，不受任何约束

在和平门东侧城墙下的空地上，近百人尽情舞蹈，跟在老人后边跳舞的某厂女青工刘梅告诉我，在舞厅内会跳的还好说，不会跳的坐在一边还怕别人邀请，何况还不停地有招待员过来问你要不要咖啡甜点的，弄得人怪不好意思。来这露天舞场，会跳的可以跳，不会跳的可以学，也可纯粹当看客，心理上是轻松自在的。

——经济，不需要花钱

石油仪器厂的职莱华和张桂荣夫妇俩，一边学着舞步一边对笔者说，如果每天晚上进舞厅，一个月工资花光也不够，而来露天舞场根本不需要买什么票，这也是能吸引更多人来的主要原因之一。

——环境幽雅，空气清新

露天舞场在环境上绝对一流。西安市第三中学教师张新民说，过去到晚上没处去，大多数人待在屋内玩玩纸牌和麻将。而现在有了露天舞场，便来这儿轻松，再好不过了。

西郊一姓王的青年说，在舞厅内抽烟喝酒的多，酒气扑鼻、烟味呛人，而这里空气清新凉爽，不失为消闲避暑的好地方。

——健康，无不良风气

来露天舞场的多是中老年人，他们或为了锻炼身体，或为了工余放松放松，无论音乐还是舞姿，没有不健康的东西。

露天舞场已经成为市民休闲健身的好去处，祝愿更多的人走出来跳起来，让自己在跳动中变得更加年轻。

"摩托街"上的老少爷们儿

古城西安的丰登南路,两年前还是条很不起眼的小街,自从旧机动车辆交易市场迁来之后,这儿便成了闻名全市的"摩托街"。每逢周四、周日开市,车水马龙,热闹异常。活跃在街上的这帮做生意的老少爷们儿,也和满街的车辆一样,可谓形形色色。

西电公司干部老张在纺织城住,骑自行车上下班紧赶慢赶单趟也要跑两个多小时。夏天热点儿倒不怕,冬季路面结冰只能慢慢磨。他也挤了几个月公共汽车,可有时眼看着手表秒针"噌噌"往前跑,就是等不到车来。这次他来花4000元买了辆"幸福"牌摩托车。

老张颇有感触地说:"前些年别说买摩托,就连买辆自行车都要有指标。现在政策活了,咱蹬不动车子了,也买辆二手摩托。"

在"摩托街",像老张这种图工作方便而买摩托车的占30%,其中较多的是在西安做生意的个体户和郊县农民。

今年24岁的青工刘某,则是那种领导消费新潮的先锋。他18岁被招进了一家工厂。虽然厂子离家只有3站路,开泡馍馆的父母还是给儿子买了辆"嘉陵"摩托车。可小刘眼睛盯着大街上来往的摩托,相中哪个牌子的,就卖了胯下的旧摩托,换辆更高档的。这几年他不但工资没交过父母一分,还让父母贴了近万元。他成了"摩托街"的常客。"嘉陵""宏达""铃木""雅马哈""野狼",他都玩过。

陪我采访的朋友说:"你看路东那帮爷们儿,哪个不是穿高档衣、骑高档车的新潮派?"

"摩托街"上,还常年活跃着一批年轻经纪人。

11月5日中午,一名在康复路做服装生意的江苏人,相中了一辆绿色"嘉陵"摩托车,车主要价5000元,可买方只掏4200元,讨价还价20多分钟还是难以成交,车主只能推车另找买主。

这时过来一名中年人,对江苏人说:"看你这神气是真心想买那车,你就再加点儿,我让他推过来,少要些咋样?"

最后交易终以4600元成交,双方皆大欢喜。中年人收了每人10元的中介费,又机灵地钻进谈生意的人群中。

10月25日下午5时，车市已散，路口零星停着几辆出租车和摩托车。一家汽车修配厂56岁的工人林某推着辆蓝色"雅马哈100"型摩托车停在路边。

我上前问价，他一伸手："四八。"旁边有人问："四三咋样？"他摇头回答："那我就赔了。"

老林告诉我，他没有其他本事，就爱摆弄摩托车，现在提倡"第二职业"，就利用业余时间出来转转，把旧车买回去保养保养，再推出来卖个好价，一辆车赚个百八十的，一天基本能倒二三辆车。

据了解，"摩托街"上那伙从广东、广西、安徽、河南、新疆等地来的"大款"们，成批成批地购买新家伙，卖往沿海和甘肃、宁夏、青海一带，买主多是金矿、煤矿上的。

和来自广东的老板交谈时，问像他这样算不算"倒爷"。他从衣袋摸出一部小收音机："那得问政策了。咱合法交易，照章纳税，服从管理，就算是'倒'，也是符合政策的。"

"摩托街"上的人们也和其他市场上的生意人一样，都是市场经济的产物，只要依靠政策、善于管理，这帮老少爷们儿，也会用自己的本领服务于社会。

第四章 世 相

西安街头送舞人

6月中旬的一个傍晚，古城西安西关剧院旁边，一名中年男子的自行车头上，夹着一张一尺见方的白纸，中间书写着一个很大的红色的"舞"字，周围写着黑色的字号小一些的"优惠各家舞票"。他并不吆喝，可来来往往的男女却纷纷停下买票，然后谈笑着远去。

这名中年人是古城西安新兴起的街头送舞人中的一员。这些人懂行情，了解舞迷们的心理，他们从全市各个舞厅中搞来优惠票代销，舞迷从他们那儿买票，可以便宜5角到3元钱不等，他们从中也可以赚到10%到20%的回扣。听说这行当早在四五年前就有，现在才从"地下"走到"地上"，大大方方地为人们的业余文化生活服务。

前文所述的那名中年男子收入并不丰厚，又觉得每晚待在家里看电视没意思，就出来挣点儿"私房钱"。虽说天热了舞厅进入淡季，可他的生意却不疲软，每晚仍可卖出四五十张票。

西门口南边路灯下，西安玻璃厂退休职工徐明熙的自行车在一片地摊中格外醒目。他不愧是老"游击队员"，把"儿童""影迷""环城""鹊桥""石仪"和"月桂"等22家舞厅的开场时间、伴奏方式及原票价、优惠价等项目，列成表写在半人高的大纸牌上，让人一目了然，可随意选择购买，很是方便。

老徐认为自己这是为舞迷们提供买优惠票的方便，应该是项社会公益事业。老徐自己也是个舞迷，和舞厅混得熟，见这事儿贴本少、风险小，退休后就专门代售一年四季的舞票。

晚上8时45分，老徐从车头上取下纸卷起来。问他怎么这么早收摊，老人一笑："舞厅现在都已开始营业了，我回家喝杯茶，就到'儿童舞厅'跳舞去了。"

第四章 世相

押 礼

家乡有种风俗,青年男女订婚之日,宴请宾客之后,要由男方的舅父或伯、叔带着礼钱,随同介绍人到女方家,把礼钱交给亲家。民间把这叫作押礼。

我想押礼大抵如电影电视中的押镖吧,虽然我不懂一星半点儿武功,却也做了一回"镖师"。回想这一过程,尽是可笑和尴尬。

二哥的大儿子订婚之前,哥嫂就千叮咛万嘱咐让我一定回来。因为侄儿的舅舅在外地工作,这角色只能由我这个叔承担。于是,在侄儿订婚那天,我从市里赶回了乡下。

酒席一撤,二嫂把我叫到房里,塞20元钱给我,说是到女方家后,要趁未来的侄媳端茶倒水之机,把钱给她,这自然又是一种风俗。接钱时我满面羞愧。在酒席上我已冒失地拿出50

元给侄媳做见面礼了，现在由二嫂拿出20元再让我给姑娘，实在让人难以接受。再说，未来的侄媳就站在面前呢。

下午，我和二哥、介绍人等一行5人来到侄媳家中。坐在沙发上，我下意识地摸上衣口袋，那折叠得平平整整的20元钱还服帖地待在里边。猛然间想到，这衬衣口袋里装得十分杂乱，倘若侄媳来倒茶，仓促中掏出手绢、工作证或是身份证之类的东西，该多煞风景啊。

趁大伙说话之机，我踱出房门，在院外装作闲转，伸手试掏了几次，确信不会掏错，才回到屋里。

喝了一杯茶，侄媳的哥哥眼疾手快立即倒茶。再倒，再喝，已有5杯茶下肚了，却总不见侄媳露面。我唯恐她来倒茶时我已喝不下，只好把茶杯捧在手心等候。

好不容易姑娘笑嘻嘻地进来了，来到了我的面前端起了茶壶，我的手伸到了衣袋里……不料，她端着茶壶走了，她嫂嫂端上了酒盅。女方的亲戚到齐了，亲家就对女儿说："去，给你爸你大倒酒。"我又紧张起来，二哥仰头干了杯中的酒，麻利地掏出钱来给了儿媳，姑娘羞涩地道谢接了。我也学样，像完成一项重大使命似的，终于把20元钱交到侄媳手中。

待到吃饭，主人端上臊子面。我接过一尝，没有一点儿盐味，亲家老两口一个劲儿说："少啥调和再调。"我却一个劲儿点头说："好着哩，好着哩！"

平日口味重的我,就这样吃完了一大老碗淡味面条,心里直想笑。

饭后,送礼钱的时候到了,哥哥从怀里摸出钱来,当着众人的面极认真地一张张点过,又极郑重地递到介绍人手上。介绍人又郑重地递给侄媳的母亲,亲家母又交给丈夫。

我看到这像做生意一样的场面,心中感叹不已。待到侄媳的父亲到隔壁房中,从礼钱中取出200元用红纸包了再回赠给二哥,这套"手续"才完备了。

夜风中送我们回家的拖拉机缓缓地与小村话别时,我才长长出了一口气。

我想,啥时候农村婚姻中这套繁文缛节,才能从乡亲们的生活和意识中消失呢?

都市流行婚龄纪念照

也许是现代快节奏生活的影响，都市人总想在奔忙的间隙，通过各种方式为自己疲惫的心灵开辟一方宁静的港湾，以怀恋昔日曾经有过的美好时光。时下颇为流行的婚龄纪念照，就是很新颖的一种。

人们把结婚的时间，以年限为标准取了诸如金婚、银婚、宝石花婚、钻石婚等种种美丽动听的名字，既是对爱情的回忆，又有对美好未来的憧憬。在婚龄纪念照兴起较早的广州，人们把拍摄婚龄纪念照称为"摄下人生第二春"。

古城西安则是在去年开始出现这项服务的，且一发而不可收，从而在全国具有一定影响。

最初，在位于西安东大街的西安照相馆婚妙摄影厅内，有些中年人带着孩子来补拍结婚照。在一般人看来，也许只是觉得稀奇，而照相馆的领导则由此得到启发：既然有人来拍，就说明顾客有这方面的需求，那为什么不能专门增开拍摄婚龄纪念照这个项目，为更多的人服务，以弥补他们心理上的遗憾呢？

为了做好宣传，他们拟了一则"月是十六圆，情是老来浓"的广告，一下子引来了更多的新老鸳鸯。

据了解，去年一年拍摄婚龄纪念照的，在西安照相馆就有上万对，最多的一天竟有108对，今年上半年已接待了7000多对。目前他们又增设了冷裱、加热压膜、无缝背景、幻影布景等一系列设备，又专门把婚纱照摄影从四楼搬到二楼，增添了候照厅、寄存间、美发屋、更衣室、情侣咖啡座等，高雅、清新的环境，吸引了更多的顾客。

最初只有一些大专院校的知识分子垂青于此，现在还有工人、农民和个体经营者。虽然从拍摄到装裱，一套婚龄纪念照需要几百甚至上千元，可人们兴致不减。

一位摄影师对我讲了这样一个小故事：西安东郊某厂一对结婚30多年的老夫妇，看到自己儿子一家三口的婚龄纪念照后，乐得合不拢嘴。几天后，老两口也跑到照相馆潇洒了一回。

的确，拍摄婚龄纪念照是件很惬意的事。或老夫老妻，或一家三口，或祖孙几代，穿戴整齐，互相依偎。其中的男女主角穿上燕尾礼服和纯白婚纱，胸佩小礼花。当年因种种原因没有留下结婚照的，可寻找一下新的感觉，抚慰曾经失落的心灵，弥补多年的遗憾；拍过结婚照的，则重温一下当年幸福瞬间的甜蜜。那些一家三代十几口全部出动的，更能感受合家团聚的温馨和喜悦。

西安照相馆特级摄影师王志明，曾接待过一对来自佳木斯的老人。男方在1957年被打成右派，下放到黑龙江改造，女方不畏艰难，两人相伴从楼高道宽的大上海来到荒凉冷寂的北大荒。举行了简单的婚礼之后，两人相依为命，历尽坎坷，相亲相爱地度过了大半辈子。他们偶然从佳木斯来到西安的侄子家后，听说西安照相馆能拍摄婚龄纪念照，就满怀欢喜地赶来补拍。

两人曾以赤诚的爱心和坚强的信念度过了艰难的青春，送走了人生的冬天，在这垂暮之年，希望能有一张纪念照来获得心灵的慰藉。

摄影师被两位老人的经历深深感动，就根据他们的风雨历程，拍摄了追忆、沉浸、思索、抚慰、憧憬一组5张照片，两位老人非常喜欢。后来这组照片在全国婚纱摄影大赛中获了奖。

在台湾生活了大半辈子的郑某，和自己的结发妻子咫尺天涯难相见，隔山隔水苦相思，竟连一张小小的照片也没有。

他回到老家乾县后,专程和妻子赶到西安,圆了40多年的鸳鸯梦。

我问一对带着女儿拍婚龄纪念照的中年夫妇照相的目的,丈夫说是对10多年爱情生活的回忆,妻子则甜蜜地回答是为了加固他们的爱情。

婚龄纪念照不仅仅挂在墙上,它也镶嵌在人们的心灵深处。它把岁月中美好的一瞬,定格成永恒的记忆,给人怀恋,给人温暖,使生活洋溢着抹不去的爱意和希望……

虫子电影

也是白色的银幕,也有灯光投射。与你看到的拍摄的那种电影不同,园子里孩子们看到的,是昆虫的直接表演。

园子名叫启稚农园,是专门针对青少年开放的一个耕读园,在西安城西与咸阳城南交会处。周末假期,两个城市的孩子就在家长带领下,来这里种地耕田、读书写字。

园子主人有个好听的名儿叫作梧桐,是当地著名的幼教专家。她看到如今孩子们离土地、田野越来越远,在几年前打造了这个类似于鲁迅笔下"百草园"的耕读园。

暑假,几十名城乡孩子再一次会聚于此,开始了与庄稼和昆虫的对话。

西北农林科技大学的志愿者黄奕给孩子们教授如何制作植物标本。晚上,他将一条白床单像挂电影银幕一样挂在林荫道两边的树干上,在"银幕"后接了盏电灯。孩子们搬来凳子,就坐在前面。

"看电影喽!"话音未落,金龟子、夜蛾等形态各异的夜行性昆虫,被灯光吸引飞上"银幕",连蟋蟀也蹦跶着往上贴。

"小朋友们注意观察,看看这些昆虫的形状、颜色、飞行的姿势有哪些不同,记录下来……"

夜色中,昆虫与小朋友们大聚会。孩子们用尖叫声,欢迎着"幕"名而来的昆虫朋友。

荷塘里阵阵清脆的蛙鸣传来,我想,被电子产品包围的孩子们,有了这些同样开心的昆虫做伴,夜晚的梦也许会更精彩吧。

疲惫的电线杆

"嘭——"

十几米高的电线杆将早晨的光线呈70度角切割之后,从根部折断轰然倒地,脖子上还缠着30多根线缆。坠落的上百米长的线缆砸在六七辆小轿车上。电线杆的杆底,钢筋裸露。

"唉——终于倒下了。这杆都倾斜一年多了……"

街边一商铺门口,传来老板沉重的叹息,其他人也一声声应和着:"幸亏没有伤人,要不就惨了。""看这次到底有没有人管。"

"我刚走过四五米,电线杆就倒下来了。"一名提着空菜篮的先生,惊魂未定地对旁边的人诉说着。

另一人在车盖被线缆砸得凹陷下去的爱车旁自言自语:"我准备送娃上学呢。电线杆离我的车只有3厘米,太吓人了。"他徘徊了一阵之后，拿起了电话。

"喂！风和日丽小区门口的一根电线杆倒了。这到底是谁家的啊？"

"喂！风和日丽小区门口的一根电线杆倒了。啊？不是你们的？"

"喂！风和日丽小区门口的一根电线杆倒了。不归你们管？那归哪个部门管？这老百姓都发现一年了，你们看不见啊？"

一女士走过来劝他别打了。她说，一年多来她每次打开窗户，都能看见倾斜的电线杆，想给有关部门反映，可杆上没留电话号码，也不知道该给哪个部门反映。

时间过去了两个小时，打电话的男子依然站在秋日早晨的寒风中，对着话筒不停地诉说着。

他身旁的车辆和行人，川流不息。

生死婚礼

红玫瑰,黄玫瑰。

23岁的新娘邓洋一身白色婚纱,双目紧闭,安详地躺在冰棺内。

簇拥着她的,是27岁的新郎夏军特意为她购买的999朵玫瑰。

重庆市上清寺牛角沱路福家园小区,一个临时搭建的礼棚内,正上演着一个动人而凄婉的爱情故事。

重庆某公司会计夏军4年前结识了一家眼镜公司的员工邓洋。4年来他们度过了1000多个快乐的日子。

就在两个青年对未来充满憧憬,相互承诺终生相亲相爱的时候,意想不到的灾难降临到了这对恋人头上。

4月12日凌晨2时,邓洋犯病不省人事。被送到肿瘤医院后，医生告知，邓洋是患心肌炎猝发致死的。随后医院开具了死亡通知书。

夏军大喊："不，她没死！"

突如其来的打击，令年轻的夏军悲情难抑，泪如雨下。

他抱着邓洋说："我要和洋洋结婚，马上就举行婚礼。"

一家婚庆公司被夏军的一片真情打动，决定为他操办这场特殊的婚礼。

4月13日上午11时整，主持人宣布婚礼开始。

《婚礼进行曲》中，身着新婚礼服的夏军，手捧邓洋生前拍摄的身披婚纱的照片从宾客中穿过。宾客们将一把把玫瑰花瓣儿抛向新郎新娘。

夏军为新娘献上一束百合花之后，俯下身子，轻轻拉着爱人的右手，为她戴上结婚戒指。

深深地一吻之后，他向妻子承诺："和原来我对你说过的话一样，我要爱你一生一世。"

婚礼主持人致辞说："虽然这场婚礼没有一纸证书，但是它跨越时空，充满真情。让我们共同为这对新人见证。"

婚礼过程中，宾客们有人无声哭泣，有人暗自神伤。伴郎、伴娘和许多在场的媒体记者，也都泪流满面。

夏军为双方老人递过一杯茶水表示感谢。

他微笑着对邓洋的母亲说："妈，你放心，我会照顾你们一辈子。"

11时40分,所有来宾依次将手中的玫瑰花放置于新娘身上,向新人告别。

新郎俯着身子,半蹲在新娘身旁,一次又一次地抚摸着她的手,深深地亲吻。

"你快回来,我一人承受不来……"

"因为爱着你的爱,因为梦着你的梦……所以牵了手的手,来生还要一起走;因为有了伴的路,没有岁月可回头……"

广播里播放着的孙楠演唱的《你快回来》和苏芮演唱的《牵手》,如泣如诉。

第五章 足迹

第五章 足　迹

流淌，或者飞扬
—— 大禹渡畅想

大禹·智者

大禹，距离我们很远。那是几千年前的一位老人，也是一位智者和功臣。

大禹渡很近，就在黄河对岸陕晋豫三省交界处。

可是，我来来往往从大禹渡旁走过了多少次，却总与它失之交臂。

8月的一个周末，我跟随晋陕作家散文笔会采风团来到芮城大禹渡，终于见到了这位老人。

滔滔黄河水穿过晋陕峡谷从龙门奔涌南下至潼关、风陵渡之后，转了一个弯进入开阔河床，一改奔腾咆哮之势，全然没有了李太白先生笔下从"天上来"的滚滚不尽的气势，就像从一个狂放不羁的壮汉，突然间变成了一位脉脉含情的处子，显得格外温和。

迎接这位处子的第一站，便是大禹渡。黄河从此一路奔流，汇入茫茫大海。

站在山腰东西方向看去，河流步履款款，波光粼粼。

就是这条河，这条曾经让沿途子民哭让子民笑让庄稼干枯让庄稼温润的河流，注定了这里的一切故事都与它有关。

故事耳熟能详。相传尧时洪水滔天，尧帝怜惜民苦，命鲧治理。鲧筑堤截流，积细成巨，水患愈烈，为害更甚。因治水不力，鲧被处死。

舜即位后，举鲧之子禹继而治之。禹率众人来到如今大禹渡的地方视察水势，苦觅良策。经崖头神柏下的黄河鲤鱼神点化，得疏而导之的良方，遂乘舟车东渡，苦战13年，上凿龙门，下开山门，引水归道，平复水患，不仅使生灵免遭洪害，且造就亿万亩良田。

我想大禹治水的故事，应该就是后来"疏导"一词的来历。山头那棵千年不枯的古柏和不远处的鲤鱼化身的圣水观音塑像，似乎在对这一流传久远的故事做着默默注解。

历史的天空浩渺辽阔，美丽的传说感人肺腑。

依然是在这个大禹渡，从公元1970年到1974年，芮城人在此又建成了一项国家级大型农业引黄高灌工程，通过泵车抽水，将泥沙俱下的黄河水扬高抽引到200米高处的田地，并且采取两厢沉沙池的方式，将泥沙依然还给黄河。

此工程被国外媒体称为当年中国社会主义建设十大工程之一。

在水利工程现场，我目睹了黄河泥水通过7组抽水泵，沿着粗壮的管道温顺地流入黄河岸上庄稼地的景观。

山上秋风吹拂，田里庄稼摇曳。

望着水天相接处缓缓而来的河流和天空中飘浮的朵朵云彩，我想，同样是治水，鲧采取围堵法，犹如制造了一个封闭的铁盒子，结果只能是让洪水更猛烈更疯狂，造成更大的危害；而禹采取的疏导法，就像给这个黑暗的铁盒开辟了一扇透亮的窗，让光亮照射进来，让恶水排泄出去，才变危害为安澜。

究其实质，这正是大禹以流淌的思想让河水流淌，以开放的心态让云彩飞扬。

在人类历史的长河里，有多少故事，同样为我们讲述了堵和疏、保守与开放的哲学道理。无论是为政、经商、科研、学习，只有尊重规律，寻求科学的路径，即所谓的"道"，因势利导、创新求变，才会有"黄河入海流"的壮美，才会有"天苍苍，野茫茫，风吹草低见牛羊"的风光，才会有一年四季风调雨顺，才会有五谷丰登、国富民强。

神柏·消息树

站在山下，抬头望去，远远看见黄土与云天相接处，是一抹浓绿。

导游介绍说，那是大禹治水时，亲手种下的一棵柏树，具有上千年的树龄。

拾级而上，只见这河的一方，山的顶端，矗立着一棵龙钟老树，雄姿伟岸，坚韧挺拔，冠若伞盖，枝繁叶茂。

旁边的道士介绍，此树身高14.6米，胸围6.8米，投影面积27.3平方米，堪称柏树之王。同行的五六个壮汉来了兴趣，上去手拉手丈量，却难以合抱。

树的两大枝干朝西斜向延伸，犹如高昂的龙头，故被誉为"龙头神柏"。

你看古柏曲折的枝条，多像黄河九曲十八弯上汇聚的大大小小婀娜多姿的支流；粗壮的主干，仿佛大禹强健的身躯和他曾经挥舞的耒耜；树枝上红色的飘带迎风舞蹈，分明是数千年前治水工地上那些猎猎旌旗。

古柏高高地挺立着，默默地注视着。

遥想数千年前，天地混沌，洪水泛滥，大禹受命舜帝，率民治理。一筹莫展之时,大禹亲手植下这棵柏树作为标记,并于此得到鲤鱼神点化,终于平息水患,造福于民。

古柏,就像大海中导航的灯塔,为治水大军提供标志和参考,让迷失于滔滔洪水之中的猛士们看见希望之光。如今,柏树依然是四季晴雨表、子民的消息树,它矗立于这黄河之滨龙山之上,用自己的虬冠粗枝,福荫这片故土,护佑这条河流两旁的千家万户。

古柏观察着这片土地的变迁和枯荣,注视着这条河流的冰冻和欢腾,体悟着子民的喜怒哀乐,记录着历史的春夏秋冬。

斗转星移数千载,今天前来膜拜的人们,总是要围绕着古柏,左转三圈,右转三圈,焚香点蜡,磕头作揖,跪拜供奉。

这不仅仅是一种礼仪、一种祈求,更是一种难舍难分的情愫、一种感恩戴德的表达。

万古常青树,荫佑后来人。我们双手合十,为你祈祷。

河泥·脚丫

夕阳像一条橘色的被面,平整地铺盖在黄河温暖的河床上。在水一方,活跃着我们率真的影子、撒欢的脚丫和顽皮的笑脸。

当水陆两用气垫船从滔滔河水中穿行而过，爬上这片沙地，着急的我们早已没有了耐心，一个个鲤鱼跳龙门般飞跃而下。

衣物扔在一边，鞋袜扔在一边，唯一没有扔掉的，是我们的童稚。

平整的褐色河床上，绵软的河泥，细细的河沙，滑溜地在脚底和脚趾间流窜。

红的衣裳，蓝的阳伞，墨的眼镜，褐的沙滩。摆一个pose（姿势），秀一下身段。从指缝穿过的，是似水流年。大家像一个个孩童，全然忘却了平日里工作的压力，以及柴米油盐的拖累、家长里短的烦躁，尽情享受着水的柔媚、泥的温暖、沙的抚触，以及晚霞的装扮。

陶醉之时，怎会想到几千年前，这里曾发生过波澜壮阔的故事？

穿越时空，回到久远，仿佛我也成了一名身穿蓑衣头戴斗笠挥舞耒耜的勇士，跟随在浩浩荡荡的治水大军中。

首领禹带着我们出入黄河，在后来这个叫作大禹口的地方凿山开门，放生黄水里的虾兵蟹将，引水归道，经过13年的努力，竟然平复了水患，我也因此立下大功。

"哈哈哈……"

"笑啥呢？往这儿看。"

第五章 足　迹

　　同伴的提醒打破了我的遐想，把我从治水大军的庆功宴上，拉到了他的手机镜头前。

　　"咔嚓"一声，清脆悦耳。手机拍摄的是平安与快乐的瞬间，记录的，应该是几千年来诉说不尽的沧海桑田。

　　温顺的河水缓缓流淌，可能看不见猛兽般的侵吞，听不见惊涛拍岸的咆哮；我们行走于此，嬉闹于此，却明白了是谁力挽狂澜。

　　大河东流，耳闻目睹。

　　我们是过客，更愿意成为这条神奇河流的见证者。

　　霞彩流光，河水汤汤。我们将自己的脚丫作为私章，蘸了褐色的河泥作为印泥，加盖在大禹渡这幅如画的风景上，留作永恒的纪念。

　　晚风轻拂，惬意无限。

　　河对岸隐隐约约的机器轰隆声传入耳中，闪闪烁烁的渔火或明或灭。

　　这声音和灯火，似乎滔滔不绝地讲述着一群人与一条河的不朽故事。

　　大地入睡，黄河醒着。混浊的水下，锦鳞游弋，青蛙歌唱……

第一次坐火车

每个人的一生中,都会有各种各样的第一次,其中有些可能匆匆而逝,而另一些也许会从此改变你的一生,让你刻骨铭心,难以忘怀。

我第一次坐火车的情形就仿佛一张清晰的照片,镶嵌在我生命的框架中。

1982年,我在长安县斗门中学上高一时,团省委《当代青年》杂志社举办的陕西青年自学大学开设中文写作专业课程,酷爱文学的我欣然报名参加。其间有好长一段时间没有收到杂志社寄的教材,却收到了已发书目书单。到学校收发室和镇邮局去问了几次都没有结果,就决定亲自去城里的杂志社一趟。

我当时寄宿在镇上同桌王亚民家,我们是形影相随的好朋友。当他得知我要去杂志社时,也有意同往,就问我坐公共汽

第五章 足 迹

车还是骑自行车。我想，自己已是16岁的大小伙儿了，铁路就从学校旁边通过，我们天天早晚就在铁道边读书，我还不知坐火车是什么滋味呢，为何不"感受"一次呢？

晚秋的一个早晨，我们逃学登上了去城里的火车。车上乘客稀少，空座很多，可我俩没有坐，就从中间的车厢走到车尾，又从车尾走到车头。

没有数火车鸣笛多少次，不知道火车"咣当咣当"了多少下，只感觉自己的心已不在车上，早已飞了出去飘上云端，乘着秋风在古城的大街小巷探寻。

走道两边稀疏的乘客们，友好或不友好地看着我们"无聊"地表现了一路。

终于，火车到站了。进了城，还没转几个弯我就分不清东南西北了。同桌精明些，自然成了我的向导，我只管傻乎乎地跟他走。

杂志社社址在团省委内，可问询路人，知道团省委在哪儿的并不多。从上午10时到下午3时许，问了无数次，我们才摸到目的地。

我们敲开了编辑部一个办公室的门，里边有位戴眼镜的瘦高个老师。他问清了我们的来意，让我们稍等片刻。在我们等待的几分钟内，我看他翻着一个厚厚的小本儿，快速地往稿纸上写着什么。

我想这就是自己理想中的人物了,自己将来也要成为这样的人。

过了一会儿,一位老师过来接待了我们。当他听我说没有收到教材时,就很耐心地解释因为学员多、工作人员少,难免会出差错。在给我拿来所缺的《写作概论》等4本书后,又很诚恳地问我对他们的工作还有什么意见和建议。

虽然当时我没说出什么,却真真正正为这位老师的谦逊、和蔼所感动,初步认识到自己心目中的偶像并不是神,而是人,是老师,是朋友。

我和王亚民几步一回头地出了杂志社后,就到街边小饭馆吃饭。我一边心不在焉地吃着面条,一边回忆着杂志社那"惊心动魄"的时刻。

我们在大小书摊转悠着看书买书,竟然忘记了公共汽车也有收车时间。等回到车站时,夜幕降临,已没有车的踪影。

坐车是不可能了。

我们俩在夜幕中顺着铁路往回走,全然没有了来时的感觉,特别是我已满身疲惫,真想坐下来等第二天再想办法。

可我的同桌很有耐心和毅力,他先是和我各人走各人的,后来干脆拉着我走。

我像一个被大人牵着手往前行走的孩子,艰难地跟在王亚民身后。每当我实在无力时,他就指着前边说:"看见那片灯火没？马上就到了。"可是当走到灯火处，却发现那不是我期盼中的目的地。他又指着更远一些的地方，说着基本相同的话语，我才知道他是在"骗"我，心想还有不知道多少处灯火在等着我们疲惫的脚步。

就这样，我们俩走走停停，停停走走。也就在那个时候，我才觉得去时的火车速度并不慢的。

当精疲力竭的我们终于举起疲惫的手敲开他家的门，已是次日凌晨两点钟。隐隐约约的鸡叫声，已经从远处和近处传来……

多年后，这两位名叫南来苏和王金劳的编辑老师，都成了我的知心师友，编发了我不少文章，还不时向我约稿。他们并不知道我第一次坐火车进城的那一次，他们给我的印象，坚定了我从事写作的志向。

如果把16岁第一次坐火车比作人生旅途的一个站台，那么正是这个站台，使我成为文学大军中一名执着的乘客。

出门没有带名片

名片夹是一个精彩的世界。

彩色、压纹、凸字、超薄、撕不烂等各种名片应有尽有，可在我看来，真正称得上别致的，却是一张用钢笔在一方稿纸上手写的名片。这名片很简单，在你看来也许仅相当于一张留言条的那种。

今春，我随同一个采访团去陕南某地采访，几十人的队伍真是浩浩荡荡。在与被采访者交谈时，有人提出留一张名片作纪念，这伙编辑记者总是很潇洒地从亮灿灿的名片夹中取出一张递给对方。

可到我这里时总是尴尬地来个暂停，因为我这次出门没带一张名片。这倒并不是我吝啬，而是在等待四五个月之后名片总算印出来了，可临行前一天负责的同志正好有事没上班，我

第五章 足　迹

只好带着遗憾出门。不过有这种尴尬的还有其他三四个人。

当晚领队开玩笑说："各位记者别把名片发完了，给我也留一张。"之后，有几位也跟着嚷叫起来。

看来我得想办法了。

第二天我请厂办负责同志帮忙联系印一盒名片应急。人家印厂只有一种彩色底纹的，又要加急，每盒60元。这可是我月工资的四分之一！可还得印，许多事情都是随着时空的转换而变化的，在城里时一盒十五六元也嫌价高，可到这里只能奢侈一次了。很快，我便拿到了新名片。

在我们采访完毕返回的那天上午，我到招待所另一个房间去转，看到一位姓孙的同行坐在沙发上聚精会神地往一张张纸片上写着什么，问时他回答给别人留个地址，我也就没在意。

到下午临行时大家互换名片，其他几个没带名片的和之前一样还是笑着解释"对不起，我这次没带名片"，我则变前几日的动口为动手，将一张张图案精美的压塑名片递给大家。

正在和几位同行合影时，那位孙姓记者过来，恭恭敬敬地递给每人一方纸片，并说句"以后有事多联系"。

我一看，上面写的是他的姓名地址邮编电话等信息。

我当时有点儿愣——原来他上午是在给大家写名片！

一位40多岁的编辑感慨："小孙，你这次没带名片，可你这张名片最有保存价值。"其他几人随声附和。

我没有吭声,却在心里对这位老兄的做法表示钦佩。

同样是没有带名片,与"对不起我这次没带名片"和花60元印一盒加急压塑名片相比,小孙的这种方法似乎更高一筹。

其实人的一生中会随时随地遇到各种各样的难堪和尴尬,然而由于各人的处理方法不同,就会产生截然不同的结果。自信和睿智者总能出奇制胜,一个人让人铭记心头的,首先应该是真诚。

我是美的

1993年，法国杰出的雕塑大师罗丹代表作《思想者》和其他部分作品首次离开法国并在我国展出，可谓是举世瞩目的一件大事。3月2日上午，我来到中国美术馆，观赏这人类伟大的杰作。

奥古斯特·罗丹（1840—1917）是19世纪末20世纪初法国最杰出的雕塑大师。他出身平民家庭，早在少年时期就显露出非凡的艺术才华，青年时期学习装饰和雕刻，后来从事雕塑创作。曾去过意大利、比利时，受到多纳泰罗和米开朗琪罗艺术风格影响，在创作上摆脱古典技法，进行了划时代的革新，创作出许多有影响的典型形象。

他的作品注重现实，运用内在活力和紧张的程度来展现思想上的斗争和感情上的悲壮，有些人物造型集中概括了全人类的形象。

　　这次展览分为三个展室。在第一展室陈列的珍品中，有《防卫》《夏娃》《吻》《青铜时代》和《断鼻人》等四五十件作品。其中最大的青铜雕塑是1902年到1903年创作的《大影子》，塑像全身肌腱暴突，匀称有力，给人一种力量。而《伊塞尔牧歌》，则充分显示了罗丹神奇的想象力。塑像是一个男孩坐着伸出双手，搂抱另一个婴儿；这个婴儿背脊上一对翅膀展开，分明是个神圣的小天使。作品给人一种静而又动、振翅高飞的感觉，把观者的思想带进了美妙神奇的西方传说中。

　　在第二展室，有棱角分明的《魔女》，她长发披肩，双膝跪地，双手扶脚，一对圆睁的大眼向远方深深地凝视着。

　　罗丹的雕塑作品，大多来源于欧洲古老的神话传说。半人马是西方传说中经常出现的一种怪物，这次展出的《女马人》就表现了这个形象。塑像由裸女的上半身和马的身躯组成，女人身躯上仰，头颅痛苦地抬起，双手合抱着伸向前方，马的前左腿高高扬起。

　　从这些雕塑作品可以看出，罗丹崇敬大作家但丁，企图把《神曲·地狱篇》中的生动场面表现出来，以展示自己对人类和社会的理解。他于1880年创作了《地狱之门》。在地狱之门的上方，"思想者"痛苦地蹲在巨大的十字架上，雕像上有大大小小130多个人，真可谓千姿百态、栩栩如生，充分显示出罗丹的艺术功力。

第五章 足 迹

第三展室除了陈设有著名的《雨果头像》《悲剧的缪斯》《维纳斯梳妆与安德洛墨达》《巴尔扎克礼服像》等作品外，还有一批罗丹在构思雕塑时画的草稿和用品，有铅笔、纸擦笔、水彩、水印乳色纸草稿等。从这些草稿和用品中，可以看出罗丹扎实的绘画基础和认真执着的创作原则。

艺术的魅力阻挡不住。在展厅里参观、临摹的观众络绎不绝，他们来自全国各地，还有不少在北京的外国朋友也有幸一饱眼福。

在第二展室参观时，巧遇陕西省商洛师范专科学校美术系教师陈汉生。他在学校讲授《美术理论》《美术史概论》等课，也搞雕塑创作。当他得知罗丹作品在京展出后，就向学校提出带学生观摩学习，遗憾的是校方不同意让学生来，最后他和6个借故请假的学生自费来北京一睹大师作品的风采。由他和他的学生，我又想到了在展厅外《思想者》下争相拍照留念的参观者，以及所有为这次展览心旌摇荡的人们。

如果说古希腊的菲狄亚斯展示出西方古典雕塑风格，米开朗琪罗把古典雕塑与文艺复兴时期的人文主义精神内涵完美地结合在了一起的话；那么罗丹则无愧于现代雕塑艺术的开山始祖。他以自己划时代的创新手法，揭示出全人类意义的形象，从而成为现代现实主义雕塑的典型代表，成为一位至今无人企及的艺术大师，是人类艺术史上一座永不熄灭的灯塔。

青春的风度

为你奔走不停　为你风雨兼程

每一个清晨,我是你迎来的第一眼;每一个夜晚,我陪你进入劳碌后的美梦。

太阳和月亮在不停运行,许许多多故事还将继续发生。

感谢你与我们一起走过的一个个难忘的日子。你的期待和希望带着我们成长进步,你的关怀和支持陪着我们奋力前行。

我们永远在路上,在每一个有新闻的地方。我们华商新闻人,在风雨中为你奔走不停。

脚下还会有重重陷阱,我们靠坚持越过;面前还会有座座高峰,我们将勇敢攀登。你的喜怒哀乐写在我们的纸上,千家万户的重托刻在我们的心中。

你的悲伤和忧虑是我们执着的牵挂,你的幸福和快乐是我们不泯的初衷。你的需要将是我们不懈的追寻,你的追求会令

第五章 足 迹

我们久久感动。

记着我们的服务电话,记着我们的热线号码。你的发现也许会改变一个现实,你的呼声也许能引起一片回应。

作为新闻工作者,我们有一个愿望:携手告别愚昧和落后的黑夜,并肩走向科学和理性的黎明!

青春的风度

风吹麦浪,心生灿烂

古渡廊桥横跨渭河南北两岸,从汤汤河水上空穿越而过。这里是被誉为"小三亚"的咸阳湖二期工程,金黄的沙粒柔软地铺在城市西边的河滩。

这些,是你看到的文明。

文化中心高端大气的多功能厅内,正奏响着辉煌的乐章;跑马拉松的队伍向前行进,绿荫长廊两侧,呐喊助威声此起彼伏。

这些,是你听到的文明。

你正左顾右盼心情紧张地过马路,汽车平稳地停下来,甚至有司机向你招手示意请你先通过;走上拥挤的公交大巴,迎面的年轻人友好地站起来给你让座。

这些,是你感受到的文明。

第五章 足 迹

一家姊妹4人在母亲去世后，共同商量一致决定把老人遗留下来的房产，交由辛苦照顾父母的养子继承；一位76岁的老人吃完早饭在家属院遛弯时，在路边发现了不少散落的人民币，她捡起后原地等待失主两个多小时，最终通过调取监控，把这2000多元救命钱送还失主。

这些，是你读到的文明。

诞生8年来，《华商报·今日咸阳》和你一样，默默亲历和记录着咸阳日复一日的变化。蓦然回首时，发现这座古老城市，竟然变得如此美丽和可爱。

当然，还有不让人的车，还有行不通的路，还有随地扔掉的垃圾，还有夜间的吵闹声……

这些让人焦虑不快的现象和行为，也时常呈现在我们的报端和全媒体报道中。这些与我们心中文明存在的差距，需要你我的继续监督和教化，才有可能缩小和消失。毕竟文明城市的牌子，不仅仅是挂在政府部门的墙壁上，更应该铭刻在我们每个人的心中。

因为，这是我们热爱的城市，这是我们自己的生活。

现实与梦想总有距离，但是，只要不断努力，我们的社会，就会从文明走向更高的文明。"幸福都是奋斗出来的"这句话，不仅仅需要用心掂量，更需要用每一天或激越或平淡的工作生活学习来实践和感悟。作为一家有社会责任的媒体，我们的努力，就是真实记录、探寻真相，客观报道，驱邪扶正。我们的这些努力，唯愿你从《华商报·今日咸阳》全媒体的字里行间读懂。

小满时节，小麦成熟在即；风吹麦浪，心生灿烂。在这一刻，我们惦记着千家万户的福祉，追随这座城市文明的脚步，重拾8年前创刊时的初心，肩负重任，继续前行。

第五章 足 迹

美丽的海绵

至今还记得小学四年级时的那名女同桌和她给我的一块海绵。

那时候,我们把书法课叫写大字。开始写大字时,同学们大都是给书包里装一个小小的墨水瓶,经常会把墨水洒得到处都是,弄得书包里、书本上和衣服上脏兮兮的。同学们想办法,就从家里带来大人们装搽脸油用的小圆铁盒子,给铁盒里铺一层或新或旧的棉花,然后倒些墨汁在棉花上,这样就不怕墨汁渗漏出来,也不用再装墨水瓶了。我也找了一个铁盒子如法炮制。不过时间一长,棉花在铁盒子里凹凸不平,写字润笔蘸墨汁时很不均匀。

下半学期的时候,从城郊转来了一名女生,正好我的同桌病休,这名女生就成了我的新同桌。

女同桌长得俊俏，学习也好。她外公就是书法家，耳濡目染，她的毛笔字也写得不错。

她和我同桌之后的第二周，我们有大字课。她从书包里掏出一个黑色的圆形塑料盒，拧开盖子之后，我发现她的墨盒里铺的不是棉花，而是一块平展展的海绵，墨汁隐藏在海绵的针眼大小的圆孔里。她写字润笔时，把毛笔轻轻往海绵上一按，墨汁就渗出来了；毛笔拿起来，海绵又弹回来，墨汁就又隐藏在海绵的针眼大小的圆孔里了。

她看见我的搽脸油盒子里山峰一样起伏的黑乎乎的棉花，就把自己的墨盒从书桌右上方挪到书桌中间说："就在这里面蘸吧。"我迟疑了一会儿后，就从她的墨盒里蘸墨汁写字。果然很方便。

当天回家后，我在家里翻来找去，也没找到一块合适的海绵。其实家里连一块不合适的海绵也没有。乡下人的家里，很少有啥物件用海绵作芯的。

后来有一次上大字课前，她递给我一块半圆形的海绵，说是把自己墨盒里的海绵用剪刀从中间剪开了，让我换掉我的铁盒子里的棉花。

我感激中又觉得羞愧。同桌为了我方便使用，竟然把自己的海绵一分为二。

小学毕业后，同桌回城郊上中学了，我们再也没有了联

第五章 足　迹

系。虽然后来能够随时在文具店里买到那种铺着平展展的金黄色海绵的塑料墨盒，但是她和她曾经给我的那块海绵，已成为我记忆深处无法抹去的一份美好回忆。

四年前，我到西咸新区沣西新城管委会拜访一位领导时，他给我介绍沣西新城的规划建设情况，说西咸新区从2015年入选国家首批海绵城市建设试点，而试点区域就位于沣西新城核心区。

"海绵城市？"我惊诧地问道。

不知这位领导当时是否为我的惊诧觉得奇怪。因为听了"海绵"这两个字，不知为什么，突然间脑海里就闪现了那名女同桌以及她送给我的那块海绵。

"海绵城市就是指城市能够像海绵一样，在适应环境变化和应对自然灾害等方面具有良好的弹性，下雨时吸水、蓄水、净水，需要时将蓄存的水'释放'并加以利用……"这位领导介绍着海绵城市的好处以及海绵道路的特点，可我的思绪，早已飞回小学的教室里，飞回横撇竖捺的大字课上了。

后来有几次下雨天，我专门驱车来到沣西新城，把车停好后漫步在平坦宽敞的道路上，感受着海绵道路的舒适。

与小时候下雨天泥泞不堪的乡村街巷和田间道路相比，与现在一下雨就像江河一样的其他城市道路相比，海绵城市的确是不一样的感觉。只觉得大大小小的雨点是从天上跳下来，结果落在地面之后仿佛又弹回去了,一瞬间消失得无影无踪。

可爱的雨点,你到哪里去了?

今年9月的一天,我又一次到沣西新城管委会附近采访。时逢下雨,宣传部门一位同志陪我走在街边,再一次自豪地说到了海绵城市。

他说,在规划设计时,沣西新城就秉承"以人为本、生态优先"的理念,以西咸新区生态城市的建设目标为出发点,依据区域地理特征、气候特点,设计了错落有致的楔形绿地及活力廊道,形成以自然河道、中央绿廊、环形公园、街头绿地四级开放空间构建的城市生态基地。他们率先提出地域性雨水管理系统,构建了龟背式地形,雨水依靠自然重力流过植草沟逐级消减、净化后排放,用生态自然的草沟,代替了传统的雨水管道。通过采用源头消减、过程控制、末端调蓄等手段,以渗、滞、蓄、净、用、排等多种技术,重点解决了城市面源污染,径流雨水的渗透、调蓄、净化、利用和排放,维持或恢复城市的"海绵"功能。而这总体目标分解到每一个地块后,需要通过透水铺装、下沉式绿地、雨水花园、雨水收集池、绿色屋顶等原位雨水源头控制设施来落实。

"你看看,咱们脚下的砖,是渗水力很强的特制砖,只要水倒在砖上,立刻就渗漏下去了,所以你几乎看不到落到路面的雨点。但是,这并不是雨水不见了。"他指着比道路旁边花

第五章 足　迹

池边沿低了两三厘米的长条形的孔说，"路边的花池比路面低了几厘米，路面上的雨水，都顺着这里流到花池里去了。"

可不是嘛，雨水正是顺着这个孔道流进了花池里，正好浇灌滋润那些星星点点红红绿绿的小花朵去了，而路面上却看不见雨水。

"可是那花池也不是太深啊。下小雨好说，如果遇到大雨，花池里积满了水咋办？"

"你看这个，"他手指着一处像龟背一样凸出来的长槽说，"如果积水多了涨到这个高度，就会自然顺着这个槽子流到地下排水管道里，而不会溢上路面。"

我恍然大悟。原来这就是所谓的通过绿地系统收纳周边地块雨水，将城市构建为一个雨水资源管理系统，通过绿地公园等自然区域涵养水源的奥秘。

"不单单是城市道路，我们目前已经初步构建起了包括建筑小区、市政道路景观绿地和中央绿廊在内的三级雨水收集利用系统，实现了'小雨不积水，大雨不内涝；水体不黑臭、热岛有缓解'的目标。"说起海绵城市这一套，小伙儿如数家珍。

"卖葡萄了——户太八号！"说话间，有叫卖声穿过雨雾传来。循声转头看去，一名60岁左右的男子穿着雨衣，推着一辆三轮车从身边走过。

"乡党，下这么大雨还出来？"

"那有啥？路又不泥。"

和男子聊天时，得知他是附近一村庄的村民，家里今年种了两亩葡萄。虽是雨天，在家也闲着无事，就出来转转卖一些。

卖葡萄的男子说，前些年一下雨满街满路都是泥水，根本无法出门。"那些年一到秋天下雨，你从村子东头走到西头，人都成了'泥猴'咧，还能像现在这样？"

他边说边抬起右脚，让我们看他的鞋。他黑色的皮鞋上，的确没沾上泥巴。

他乐呵呵的脸上洋溢着的喜悦和幸福，让我想起了我的那名女同桌和她给我的那块海绵。

是的，这些乡亲也许不知道"海绵城市"这个概念，但是他们却亲身感受着"海绵城市"的美好。

城市管理者说，这座新城，还将从"创新试点"向"创新全覆盖"跨越，不仅在生态方面创新，还将在智慧城市、科技创新、新能源系统等方面不断加大创新力度，打造出一个"渭河滩上踢足球，生态湿地喝咖啡，大树森林搞研发"的城市新风貌。

这座正在崛起的新城，不就是一大块让生活在这里的父老乡亲感到幸福和喜悦的海绵吗？

这海绵里，吸收了城市设计者和建设者的智慧和心血，储存着这块古老土地焕发青春活力并蓬勃生长的精彩故事！

丹凤眼

读高中时,班里有一个来自商洛丹凤的王姓同学,姐姐远嫁到了长安这边,他也投奔姐姐来读书。有一段时间,他还叫我和他一起借住在他姐姐家。

他姐弟俩的眼睛都很好看,后来有人说他们的眼睛是那种典型的丹凤眼。那时候我幼稚地想,他们家饭都吃不饱,为啥却能养出那么好看的眼睛呢?不会是因为他们都是丹凤人,才长着一对丹凤眼吧?

后来,事实证明我的想法有些荒唐。

看到一些文艺书籍时,知道了三国时的关云长竟然也是拥有丹凤眼的美男子,《红楼梦》里的王熙凤也是漂亮的丹凤眼。后来知道许多演员都是丹凤眼,才明白丹凤眼与丹凤县并没有什么必然的联系。

丹凤眼是那种极富魅力的眼睛，眼形比较细长，眼尾微微上翘，给人一种妩媚的感觉。拥有丹凤眼的男人或女人，一颦一笑非常迷人，用今天时髦的话说叫作"吸睛"。

贾平凹先生在他的散文《在乡间的十九年》里这样写道："忘不了的，是那年冬天，我突然爱上村里一个姑娘，她长得极黑，但眉眼里面楚楚动人。我也说不清为什么就爱她，但见到她就心情愉快，不见到她就蔫得霜杀一样……我偷偷地在心里养育这份情爱，一直到了她出嫁于别人了，我才停止了每晚在她家门前溜达的习惯。但那种钟情于她的心，一直伴随着我度过了我在乡间生活的第十九个年。"

嘻嘻！我好奇平凹先生爱上的那位姑娘，是不是也生就一双丹凤眼。曾经有几次我甚至想问他，可又觉得问这种私密性的话题唐突了些，就没有张口。

虽然说不是长丹凤眼的都是丹凤人，那会不会丹凤人中长丹凤眼的会多一些呢？丹凤又到底是怎样神秘的一个地方呢？

这些可笑或不可笑的问号，一直盘旋在我的脑海中。特别是王同学对家乡绘声绘色的描述，以及平凹先生的商洛系列作品，更是增添了丹凤在我头脑中的吸引力。

后来，大学时来自全国各地的同学一致强烈要求要去大师家乡朝拜，吸收一些灵气，担任班长的我只好同意。遗憾的是运载我们的面包车行至秦岭深处半路抛锚，丹凤之旅终未

第五章 足 迹

成行。

这一耽搁，就是20年。

前几日，西咸新区作协组织作家们到丹凤采风交流，我终于有机会来到这个很早就想抵达的地方。

丹凤位于秦岭东段南麓，号称秦头楚尾，自古是秦楚交会之处、南北通衢之地。丹江航道自春秋战国始即为贡道，是建都长安之历代王朝的主要补给线，而丹凤的龙驹寨又是丹江航道上"北通秦晋，南结吴楚"的交通要冲，是当时水陆换载的著名码头。款款而来的丹江水，曾经载着无数商贾的梦想，从遥远的南方北上，水路抵此休憩中转之后，再由陆路直奔都城所在的关中。据介绍，当时这里一地之税收，竟然占到全省的三分之一左右。

丹凤著名的船帮会馆坐北向南，面临丹江，为青砖六柱五楼牌坊式建筑，看上去巍峨壮观。我用手机为几位文友照相时，需要距离门口很远，才能拍到全景。站在会馆门外，透过矗立的弓腰双手反握纤绳拖曳航船的船工和那高耸挺立的船帆雕塑，我仿佛看到了一望无际的丹江上的点点白帆，听到了那些饱含沧桑的"嘿呦嘿呦"的千年绝唱。

文字记载，修建船帮会馆的资金，是船老大们从每件运货的运费中抽取3枚铜钱集资，经过日积月累凑起来的。会馆于清嘉庆二十年（1815）建成，用来当作当时的水手船员们休憩、食宿、聚会、娱乐之处，这也是目前国内保存最完整的船帮会馆之一。因船帮会馆正殿供奉着曾辅佐大禹治水、被老百姓誉为"汉水水神"的明王伯益，以祈求神灵保佑风平浪静、行船安全，所以又被称为"明王宫""平浪宫"，现为丹凤县博物馆。

站在街上，可以看到船帮会馆青砖青瓦的门楼上方镶嵌着一块长方形蓝底牌匾，上面篆刻着笔力虬劲的"明王宫"3个字。在这3个字下的一块青石上，刻有同样风格的"安澜普庆"，左右两侧是"高山流水"和"清风明月"，让远道而来的客人既能感受到昔日的繁华和喜庆，又能体味到走遍万水千山之后的那种洒脱和高洁。门楼青砖上依稀可辨的斑驳的纹路，是岁月风尘在此留下的刻痕；而那精致的花纹装饰和齐整的瓦当，又显示出建筑百年不败的风华。

船帮会馆整个建筑是土木结构，大门形似一座三开间的牌坊。我们到来的当日属于多云天气，午后时分太阳若隐若现，但屋顶琉璃瓦在时断时续的阳光映照下，仍是熠熠生辉。

会馆戏楼紧贴门楼，坐南向北，正面如意斗拱中央，有题额书"秦镜楼"3个金字。这3个字出自《西京杂记》中"（秦咸阳宫）有方镜，广四尺，高五尺九寸……人有疾病在内则掩心而照之，则知病之所在"的语句，意在告诫人们，历史是一面千古不朽的镜子，可辨忠奸好坏。

第五章 足 迹

此戏楼与关中戏楼的建筑风格明显不同，是典型的"秀楚"加上"雄秦"的风格，兼备南北之妙，造型奇巧，特别是第二层不是用梁柱支撑，而是用巨木构成的构架相叠的多角形，层层向上递缩，形成一个锥体笼形结构。从舞台中央仰望上去，看到的是犹如急流中的漩涡，又像相机上从周边汇聚到中心焦点的快门叶片。问及其功能，讲解员让大家猜猜看。见大家各有说法，她笑着解释说，这样构造是为了聚声。

原来如此啊，大家啧啧称奇。

会馆戏楼高36米，建筑宏伟。据说当时楼上演戏，楼下可供上百人"安营扎寨"。无论是晴是雨，船工们上岸后，在这里身不着点雨，头不顶烈日，夏纳凉，冬取暖，乏者憩，闲者乐，皆兴致勃勃。想象那时的场面，应该是壮观至极。

同行的当地作协同人介绍，因戏楼雕饰精美、华丽无比，当地人将此戏楼俗称为"丹凤花庙"。据说这种号称"花戏楼"的建筑，目前全国仅剩两处。一处为曹操故乡安徽亳州的花戏楼，被誉为南戏楼；另一处即丹凤的这一座花戏楼，为北戏楼。

戏楼正面除了数幅展现大禹耕田、文王访贤、武王伐纣、樵子负薪、映雪夜读等典故的奇妙雕刻，最有意思的是在"和声鸣盛"题额两边，由8组浮雕人物组成了一幅奇妙的画联。解说员介绍，当年建筑未成时，总建筑师不幸猝死，以至于百年以来无人能够破解这幅画联的含意，对不上下联，连郭沫若等文豪大家琢磨再三也未能如愿，从而留下百年之谜。至今丹凤县人民政府还悬赏20万元，在全球寻找能够破解该联之人。

在戏楼雕刻的形态各异的图画之中，有山水、人物、车马、仪仗、楼阁、亭台、树木、花草、鱼虫、鸟兽。在诸多造型中，龙的形象最为耀眼。顺着讲解员的手指望去，会馆梁栋上、花脊上、飞檐上、山墙上无不有龙。而以千万计细瓷碎片镶嵌而成的群龙，在阳光下更是鳞光闪烁，异彩纷呈。

龙是中国人对自然界中的蛇、鳄、蜥、鱼、鲵、猪、鹿、熊、牛、马等动物，和雷电、云、虹、龙卷风等天象经过多元融合而创造、展现的，具备长身、大口，大多有角、有足、有鳞、有尾等形象特征，以及融合福生、谐天、奋进等精神内涵的神物，其实质，是中华先民对宇宙自然力的认知和神化。经过八千多年甚至上万年的演进、升华，龙已成为中华民族的广义图腾、精神象征、文化标志、信仰载体和情感纽带。在国人心目中，龙已成为上可升天下能潜海的圣物，想必船帮大佬们雕刻这么多的龙，又远远从南方运来建筑于此，还是希望龙王能保佑大家顺风顺水、过关斩将、一路平安。

也许是神龙的护佑吧，丹凤不仅是当时的商贸物流中心，更是多元文化的融合地和聚集地。开放的丹江包容着来自四面八方的思想。距离县城不远处峻丽的凤冠山，就隐藏着"儒、道、佛"三教之玄机，引得历代诸教名人曾在这里修行。这神秘的仙地，也自然吸引得我们登临膜拜。

当地文友介绍，今天的丹凤县，就因为"襟带丹江水，枕倚凤冠山"而得名。

凤冠山又名鸡冠山。海拔861米，山体色赤，状若鸡冠，似雄鸡昂首鸣唱，古人以鸡冠山称之。凤冠山看似不高，可我们到达山下时，众多文友却望"冠"生畏，不敢抬足。丹凤作协的陪同人员一再邀请和导引，我们四五个人才开始攀爬。我之所以跟随，是受一个在最前边蹦蹦跳跳的9岁小姑娘的感染。她爬得，我们为啥不敢呢？

可是说来容易，真正一步步攀缘却实在不易。凤冠山山势参差嶙峋、危岩凌空，石阶较之其他山路上的台阶高了许多，每抬一次腿还真有些吃力，所以往往没走几步，人就已经气喘吁吁汗流满面了。

走在我身边的向导、丹凤县文联的文友如数家珍地介绍说，凤冠山有商州"八景十观"之一的"鸡冠插汉"，有"冠山睡美人""真人会群仙""神龟挺立""啸天雄狮""猪豹奔赶""人头怪兽"等自然景观；更为神妙的是在悬崖绝壁上，分布着如鬼斧神工般大小形状各异的摩崖石窟洞。

当我听到12个洞中还有关公洞时，一下子来了精神，快走几步前往洞内。我想知道洞里石刻或关羽的塑像，是不是就是书上记载的那种浓眉美髯丹凤眼。

进得洞内，但见关云长单刀在手，魁伟站立，长髯飘飞，双目炯炯。那眉那眼，雕刻得栩栩如生，看上去正是标准的丹凤眼。

平凹先生在《登鸡冠山》一文里写道："莅临一步一景、步移景换的鸡冠山前，决不可走马观花看山，只有沉息静气读山，方能尽览大自然神笔所绘百千轴画卷。"遗憾的是因为时间紧张，我们不能参观每一个山洞，只进去了5个洞，就直奔凤冠山最高处——望江亭了。

在云朵与晚霞参差之间，红顶飞檐的望江亭孤独地矗立在山顶最高处。正所谓"无限风光在险峰"，到了山顶俯瞰山下，丹凤县城一览无余。县城内那高高低低的建筑，正如镶嵌在绿色绒毯中心的一颗颗宝石。宝石旁边半包围的，是白花透亮的丹江水和乌黑油亮的火车铁轨，它们形成了一软一硬一黑一白两道天然的屏障。这时候正好有一列运载物品的火车由西南方向呼啸而来，与缓缓流淌的丹江水，组合成了这座城市的动脉。

这时候我恍然大悟：凤冠山山顶，不就是丹凤神奇的眼睛嘛。由此看下去，你可以看到丹凤的精髓和妙处，那就是：既能让船来车往熙熙攘攘的商贾们赚得钵满盆满；又能让佛道儒各方不同思想观念互不侵犯和睦相处；更能让拒绝高官厚禄远

第五章 足 迹

离社稷庙堂，寻找僻静一隅求得采菊南山的四皓先生，生活得舒坦安逸。

走在我们登山队伍最前边的那个小姑娘，这时正坐在望江亭外的石阶上，忽闪着一对大眼睛，目不转睛地看着随她而来气喘吁吁的大人们。

她的眼睛，居然也是一对迷人的丹凤眼。

这个"丹凤眼"的想象力绝对不比李太白先生差，同行的一位老兄告诉我，小姑娘在登山的过程中说了一句话："我就想把这个山一脚踢倒。"

我想，小姑娘的这份豪情，恐怕是贾平凹先生也不能相比的。

延安三章

宝塔的光芒

宝塔山,唐代称为丰林山,宋代改名为嘉岭山,现在人们称为宝塔山。山上的宝塔高44米,共9层。

远远看去,这是一座普通的塔,但它绝对不是一座普通的建筑。

宋时范仲淹在这座山上隶书"嘉岭山"和"胸中自有数万甲兵"等题刻时,肯定无法想到,千年后的宝塔竟然成为一个民族的主心骨,它用真理的光芒,照耀着中国革命艰难而辉煌的道路,并且中国共产党人从此唱响了"延安精神永放光芒"的主题歌,历时久远而不衰。

宝塔像威严的父亲,在历史的风雨中高昂着头颅,挺直着腰杆，在无数个黑夜里，照耀着他的儿女们前行的道路，让儿女们在仰望的同时，奋力向前。

宝塔，成为无数英雄儿女的向往。

> 心口呀莫要这么厉害地跳，
> 灰尘呀莫把我眼睛挡住了……
> 手抓黄土我不放，
> 紧紧儿贴在心窝上。
> 几回回梦里回延安，
> 双手搂定宝塔山。
> 千声万声呼唤你
> 母亲延安就在这里！

这是赤子的声声呼唤，这是儿女的深情表白。

多少年之后，当我们站在延安城东南方这座海拔1135.5米的群山之巅，集体诵读贺敬之先生的著名诗篇时，禁不住热泪盈眶。

究竟是一种什么样的力量，能够让无数中华儿女冲破重重封锁，长途跋涉来到这塞外荒原，寻求人生的意义？

巍巍宝塔啊，您能告诉我吗？

补丁的力量

一条浅灰色的长裤上,两个膝盖处分别缝补着巴掌大的深灰色补丁,上面的针脚还清晰可辨。

这不是你现在在街上看到的少男少女们穿着的流行的乞丐服,更不是一些贪官污吏用来作秀的滑稽道具。

眼前的这张彩色照片让人泪奔:1942年,当时已经是中央领袖、被人民称为"主席"的毛泽东,就是穿着这样的一条裤子,站在土窑洞前,掰着手指头,给一二〇师干部做报告。

静静地站立在延安革命纪念馆,久久地凝望着这张照片,不能不让人心潮澎湃。正是这种真性情,这种真朴素,胜过了千言万语的解读和歌颂。

难怪1947年8月8日蒋介石在枣园参观了毛泽东的住所之后,站在土窑洞前半天默默无言,他感慨:"太艰难了,太不容易了。"

不仅仅是这条打着补丁的裤子,在毛泽东的众多遗物中,有一件物品十分引人注目,那是一件白色泛黄的睡衣。这件睡衣为棉质,样式普通,夹层、香蕉领。睡衣外观通体破旧,它的领子全换过,衣袖、前襟、下摆等处补丁连补丁,竟达73个之多。从20世纪50年代初一直到1971年,毛泽东春秋两季都穿它,这一穿就是20年。尽管越来越旧,毛泽东却总不舍得扔掉。

围绕它的去留更换问题，还发生了许多有趣的故事。20世纪60年代初，睡衣的肘部、领部、袖口就有了破洞。1963年初夏的一天，毛主席的理发师兼生活卫士周福明来到中南海服务处取衣服。洗衣房的同志对他讲："给主席换换新的吧，你看这件睡衣，袖肘又破了，洗的时候从水里都不好往外提，弄不好就被拽破了。"

周福明不止一次听过洗衣房的同志这样说，他也多次向主席提过，可主席总说："再穿一穿吧，过段时间再换。"

几天之后，周福明趁陪毛泽东吃晚饭时，又劝说他换睡衣，毛泽东还是拒绝了。

周福明小声嘀咕了一句"您是主席"，毛泽东不以为然："哦，我是主席，睡衣就不能补一补了？你不也是穿着补的衣服嘛。"

毛泽东告诫身边工作人员："没有条件讲究时不讲究，这容易做到；经济发展了有条件讲究时仍然约束自己不讲究，这个难以做到。我们共产党人就是要做难以做到的事情，这就是始终保持勤俭节约、艰苦奋斗的优良作风。"

谁又能说，这样寻常又不寻常的补丁，没有千军万马的力量？

谁又能否认，这样浅显又不浅显的话语，不能胜过那些洋洋洒洒的鸿篇巨制的说教？

延河边的爱情

晚霞映照下的延河水波光粼粼，温柔得像慈祥的母亲。

我行走在河边，仿佛看到了那些受美国记者埃德加·斯诺的《红星照耀中国》的影响，从全国各地投奔延安的热血青年男女们，在这里披荆斩棘开疆拓土、持枪挥刀苦练杀敌本领、在窑洞前纺线织布、在河岸边读书学习的情景，听到了他们高唱着"风在吼，马在叫，黄河在咆哮……"的歌声。

当然，延安时期也有爱情。你看，他们俩沿着河边走来了——

男主角叫作乔治·海德姆，美国人。1936年，他和美国记者埃德加·斯诺一起来到中国采访，但他的职业是医生。当埃德加·斯诺采访完毕叫他回国时，忙得不可开交的海德姆不走了。第二年，他还加入了中国共产党。

"海德姆在英语中的意思就是骏马，我就姓马吧。"他给自己取了一个中文名字马海德。

此后边区人人都知道了有位和蔼可亲的美国医生马海德，大家生病了都喜欢找他医治。

女主角叫作苏菲。听上去苏菲是个外国人的名字，其实她

第五章 足 迹

是地地道道的中国人,原名周苏菲,出生于浙江一个豪绅之家。抗日战争爆发后,她辗转来到延安,加入鲁艺话剧团,成为一名话剧演员。

当她找马海德看病时,马海德不由得被她的目光一击,一下子愣住了。"这么美的姑娘!"他在心里暗自赞叹。

细心诊断之后配好药,马海德还给苏菲写了一封信,希望她好好服药,早日恢复健康和美丽的微笑。

马海德的真诚也打动了苏菲的少女之心,两人有了更多的交往。此后不久,马海德激动地告诉苏菲:"咱们结婚吧!我给组织打报告了。"

1940年,一个有着中国名字的外国小伙儿,和一个有着外国名字的中国姑娘,就这样在边区政府扯了结婚证,在这块红色的土地上,开始了他们甜蜜的跨越了半个世纪的跨国爱情生活。

多少次手拉手的漫步,倒映在潺湲流淌的延河水面。

温柔的延河水哟,又见证了多少对勇敢的革命青年的爱情故事。

温柔的堪萨斯

知道堪萨斯，不是在地理书或者历史书上，而是多年前的一个雪花飘飘的冬夜，从西安南郊回家的出租车上，广播里传来美国西部乡村民谣女歌手缠绵的略带嘶哑的歌声。这首歌的结尾，就是三声揪心挠人的"堪萨斯、堪萨斯、堪萨斯"。

现在，我和同伴们乘坐着一辆越野车，就穿梭在堪萨斯机场通往堪萨斯城的路上。堪萨斯是我们熟悉的《红星照耀中国》的作者埃德加·斯诺的故乡。

堪萨斯城，是美国密苏里州西部的一座城市，位于密苏里河与堪萨斯河交汇处、密苏里州和堪萨斯州交界处（以密苏里河为界，河北岸是密苏里州的堪萨斯城，一座城市分属于两个州管理）。

秋日灿烂的阳光洒在窗外，天空中的几丝白云，像和我们

第五章 足 迹

赛跑一样，追撵着我们。一栋栋低矮的房子，一棵棵耸立的大树，从我们眼前一晃而过。这种行走，很有那种在中国西北乡村驰骋的感觉，只叫人觉得车速太快、时间太快。离公路不远处有一条弯曲透亮潺潺流淌的河，接我们的当地朋友说那就是密苏里河。房子在车窗外一点点地变大、变高，我知道，我们距离城市越来越近了。

进入城市之后，车速放缓，人和物明显高大起来。阳光把路边行人的笑容照耀得格外灿烂。一座楼房墙壁上巨幅的涂鸦映入眼帘，是一黑一白的两个男女面对面而坐，一群蝴蝶在他们的周围翩跹着，让我不禁想起了"庄子梦蝶"的画面。

资料记载，堪萨斯城是美国中西部第七大城市，市区面积818平方公里，人口数量2016年记载为48.1万，加上堪萨斯州的堪萨斯城共计65万人口。

19世纪初，法国人在此建立贸易站，1850年建镇，1853年设市。随着农畜产品加工业发展，城市渐趋繁荣。进入20世纪后，堪萨斯成为美国中西部工商业中心。

车辆穿行在堪萨斯街上，感觉整座城市就是一个大大的公园。城里没有多少高楼大厦，没有嘈杂的人群和拥挤的车辆，随处可见碧绿的草坪、草坪上零星低矮的房子，以及房子周围稀疏而粗壮的树木。街上偶尔能看见行人，再就是在绿地和树干上探头探脑觅食的松鼠。

阳光直射下来，城市显得是那样的静逸，让人感觉咳嗽一声或者大声说句话，整座城市都听得到。引得同行的曾大姐和黄小妹惊诧地问道："这儿人都上哪里去了？"

这时我心里想的，却是当年这里的人们怎能想得到，他们的同乡埃德加·斯诺，正穿行在千万里之外中国陕北的山沟里，采写那里的枪林弹雨。他的笔头冒出的一串串文字，把一支叫作红军的中国军队的故事，让全世界都知道得清清楚楚。

陪同的当地朋友介绍，这座城市有100多座公园，占地2160多公顷，其中斯沃普公园是全美第二大公园。

堪萨斯本来就像一位安静的处子，又因为泉水多而拥有一个"喷泉之城"的美誉。这种柔情似水，实在让人流连忘返。

在去往一家中国餐馆的路上，西安高校一位在此访学的女教师带着她10岁的儿子陪同我们一起去餐馆，小男孩和我边走边聊。他指着一处广场说："明天天一亮，你们就能看见这里喷泉水了。"

堪萨斯城有许多高校和文化艺术机构，如密苏里大学、堪萨斯音乐学院、堪萨斯艺术学院等10多所高等学府。按照行程安排，我们首先去访问的却是一家位于中城区的公立小学。

上午10时左右，我们进入校园，看见不少家长领着孩子进来，把孩子交给老师。他们见了我们感到有点儿惊奇，一个个微笑着说声"Good morning"（早上好）和我们打招呼。

第五章 足 迹

我们首先观摩的是小学一年级的课。这节课老师给孩子们教的是用十字格进行20以内两个数字的加法。

我们参观的这个班有10名学生，其中9名席地而坐，后面还有一个年龄较小的女生坐在小凳子上吃东西，她的小桌上放有小蛋糕、饼干和酸奶。

小家伙看我关注她，就边吃东西边做鬼脸逗我。

孩子们面前的白板上写着："李老师有7个苹果，她又买了5个，现在李老师一共有几个苹果？"

老师有意识把关键字"又"和"一共"用红色笔写出来，读完题目后问大家这道题用加法还是减法。有四五个学生举起手来，老师先后叫了两个学生回答，又问为什么要用加法，有同学念到了题目里红色的关键字"又"和"一共"。这样一来，大家都知道了是用加法，老师用红色和蓝色的圆圈填满十字格后，用竖式算出了答案。然后，老师在白板上写上$9+6$，让学生自己选择水彩笔的颜色，以涂抹圆圈的方法用十字格计算得数。

一名叫本杰的黑人同学举手起立后，来到白板前开始计算。本杰边画边念叨。可是他念到6了，却只涂了5个方格。我们看着心里着急又不能说出来，有其他同学在下面嘀咕，但老师不急，而是耐心地叫本杰检查，一个个大声数着再涂抹一遍。

老师的耐心和智慧，终于使那名同学在9+6的竖式底下写出了正确答案。我悬着的心，也放了下来。而后，我们又参观了另一个幼儿班，汉语老师在给孩子们教儿歌。

校长介绍，这所学校从幼儿园到八年级，全部用中文教学。但是教孩子们中文不是学校规定的，以前学校教的是法语和西班牙语，后来征求家长们的意见，结果大多数家长选择学中文，学校就改教中文了。

在参观密苏里大学堪萨斯分校图书馆时，获知这里有一处名为埃德加·斯诺图书阅览室的地方。其中除了展示不同年代和出版社出版的上百本斯诺夫妇著作外，还有埃德加在延安时期使用过的照相机、皮包、烟斗等实物。

副馆长斯图瓦特介绍，这个图书馆实现了机器人人工智能管理，可以储藏上千万册图书，目前馆藏有800多万册。他带我们来到藏书区参观，从楼上看下去这里塞满了四五层楼高的"书架"，"书架"与"书架"之间是狭窄的小道，这"书架"有着像我们中药铺里药柜抽屉那样的一个个小方格。馆长演示着在电脑键盘上输入了一些信息，不一会儿，我们看到狭窄的小道里，一个黄色的类似于吊车的机器人，用自己细长的手臂端上来了装有馆长想要的图书的箱子。

第二天，参观完堪萨斯艺术博物馆出来，站在馆外竖有一个巨大的倾斜的白色羽毛球的广场上，仿佛又听到不远处传来

第五章 足　迹

的让人心醉的美国乡村民谣歌声。

我真的想不出，到底是什么原因，让当年的埃德加·斯诺离开这座美丽温柔的城市，去到战火纷飞的中国，去到那片贫瘠而干旱的黄土高原，采写那里的"星星之火"。

后 记

青春的梦想

我家祖辈都是面朝黄土背朝天的庄稼人，可在我小时候，家里竟然有不少小人书。我看着看着就入了迷，到小学四五年级的时候，就开始颇有兴致地抄写一些有关谍战的小说了。

如此一来，竟然与文字结缘。

记得大姐有次在家开玩笑问我将来干什么，我似是而非地回答：写文章。那时候好像才上初中。大姐听了和母亲议论着，开心地笑了。

遗憾的是父母家人等了多少年，也没见我发表一篇文章。

当作家成为我青春的梦想。走向这个梦想的长长的心路，也成了自己坚忍探秘的过程。

在上高中的时候，我偏科的问题逐渐严重了。高中分科我选择的自然是文科，可是除了语文学得好，其他学科都稀里糊涂，特别是数学简直就是要命的东西，于是就懒得理它以及和数字有关的其他课程了。那时候，团省委主办的《陕西青年》（后来改名为《当代青年》）杂志社举办了陕西青年自学大学中文写作专业大专班，还在读高一的我就毅然报名参加学习，开始接触中外大量名家及其作品，也开始了自己的文学创作。

记得1983年参加高考时，主课是百分制。我的语文高考分数是98分，作文满分。可是其他科目成绩一般，特别是数学分数只有36分。其结果可想而知。后来补习两年，最终还是名落孙山。

在到小学当老师、在村办水泥厂当化验员等多种选择面前，我意外地应征入伍，到本省距离我家不远的空军某部当兵去了。

到部队当汽车兵之后，自然继续做着文学梦。在紧张的训练之余，其他战友开展各种文体活动，我则打开从家里背来的有关文学创作的书籍阅读着。

有次夜晚连队干部查铺，看到有微弱的灯光从我的被窝发出，以为有情况，就猛地揭开被子，发现我竟然蒙着被子打着手电筒看文学创作方面的书。当过兵的人都知道，部队晚上10点熄灯后，除了站岗放哨的战士之外，其他人必须按时准点休息。可到了三更半夜我还在被窝偷偷看书，这肯定是违反内务条令的啊。

感谢连长、指导员对我的厚爱！他们非但没有批评我，还专门在连部他们的宿舍旁腾出一间房子接上电灯，让我在晚上熄灯后到这里读书学习。

不断地看看、写写写,我在每天紧张的训练之余坚持着。终于有一天,我收到了省城寄来的一本《当代青年》杂志,上面刊登了我写的一首小诗。虽然这首小诗只有短短的8行,但对我的鼓励非常大。

随着诗歌、散文陆续在《中国青年报》、中央人民广播电台、《当代青年》《女友》《读者文摘》《青年文摘》等全国众多报刊电台发表,越来越多的读者给我来信交流学习,我每个月微薄的津贴基本都用来买稿纸和信封了,幸亏军人的信件不用贴邮票,否则我连买牙膏的钱都没有了。为了省钱,我就把用过的信封小心拆开,再反过来粘成一个信封,再次使用。

在连队里,业余时间除了进行文学创作之外,我还参加了国家自学考试。团首长把自己参加考试的有关公共课的书籍借我阅读,鼓励我的自学。

拿到大专毕业证不久的1994年,还在部队服役的我,有幸考上西北大学青年作家班,开始系统地学习文学理论和创作技能,再次向自己的梦想靠近。

然而因为后来改行从事新闻报道以及转业到地方媒体担任专业记者,忙碌的采写工作已经不容我再奢侈地利用更多的时间创作,只有挤出一点点业余时间写些东西,诗歌散文小说零星地见诸报刊电台。这次收录于本书的60余篇散文随笔,就是从这些年来发表的百万余字的作品中挑选出来的。

这些文章,按照内容类别特点,我把它们分为"心语""闲情""他们""世相""足迹"五大类。所谓"诗言志""文以载道",本书中选录的作品,都是心眼所至、随意而为,但却记录着自己走向青春梦想的心路历程,表达着自己对社会的观察和对于人生的体悟。正如我在《原来如此》一文里所写:"我终于悟出了一个道理:世界上缺乏的并不是成功,而是信心和勇气。"

这些只言片语如果能对您有一点点启发,那当然再好不过。但到底得分几何,还有待诸位读者多多批评指正,以便我在今后的日子里,有更好的创作成绩。

感谢九旬高龄老人,中国书法家协会第二、第三届理事,著名书法家邱零先生慷慨挥毫为我题写书名;感谢《人民文学》杂志常务副主编、中国作家协会创联部常务副主任、中国现代文学馆副馆长周明先生,和多年来在新闻和人生路上给予我指导帮助的中国青年报陕西记者站原站长、西安市文联原副主席张文彦先生为本书作序。

感谢部队首长和先后任职过的几个单位的领导、同事在我这些年的成长过程中给予我的鼓励和帮助,感谢导师们孜孜不倦的教诲和指导,感谢家人亲朋一直以来给予我的理解和支持。

你们是我成长、进步的动力,是无数个黑夜里闪耀在我心中的点点明星,是我逐梦的长路上照耀我的盏盏灯火,是伴随在我青春旅途中那些永远温暖滋润的气息。

是为记。

2019年5月20日于西安